LUZES DO SUL

NINA GEORGE

LUZES DO SUL

tradução de
PETÊ RISSATTI

1ª edição

EDITORA RECORD
RIO DE JANEIRO • SÃO PAULO
2022

CIP-BRASIL. CATALOGAÇÃO NA PUBLICAÇÃO
SINDICATO NACIONAL DOS EDITORES DE LIVROS, RJ

G31L

George, Nina, 1973-
    Luzes do sul / Nina George; tradução de Petê Rissatti. – 1a ed. – Rio de Janeiro: Record, 2022.
    ; 23 cm.

Tradução de: Südlichter
ISBN 978-65-5587-435-8

1. Romance alemão. I. Rissatti, Petê. II. Título.

22-75496
                CDD: 833
                CDU: 82-31(430)

Meri Gleice Rodrigues de Souza – Bibliotecária – CRB-7/6439

TÍTULO ORIGINAL:
Südlichter

Copyright © 2019 by Nina George

Copyright © 2019 by Droemer Knaur Verlag

Publicado mediante acordo com Ute Körner Literary Agent – www.uklitag.com

Texto revisado segundo o novo Acordo Ortográfico da Língua Portuguesa.

Todos os direitos reservados. Proibida a reprodução, no todo ou em parte, através de quaisquer meios. Os direitos morais da autora foram assegurados.

Direitos exclusivos de publicação em língua portuguesa somente para o Brasil adquiridos pela
EDITORA RECORD LTDA.
Rua Argentina, 171 – Rio de Janeiro, RJ – 20921-380 – Tel.: (21) 2585-2000, que se reserva a propriedade literária desta tradução.

Impresso no Brasil

ISBN 978-65-5587-435-8

Seja um leitor preferencial Record.
Cadastre-se no site www.record.com.br e receba informações sobre nossos lançamentos e nossas promoções.

Atendimento e venda direta ao leitor:
sac@record.com.br

Tudo tem a ver com tudo, diz o Amor.
Eu sei, diz a Morte.
Isso é terrivelmente ilógico, diz a Lógica.
A oliveira tirou as próprias conclusões.

1
O Amor e a menina

O berço de Marie-Jeanne estava à sombra de uma frondosa oliveira, que diziam ter mais de oitocentos anos, o que a árvore não confirmava nem negava (na sua idade, não se falava a idade).

Marie-Jeanne se deliciava com o farfalhar prateado das folhas que sorriam à brisa matinal de Pontias — um fenômeno de Nyons, um resquício de magia num século, aparentemente, sem nenhuma. O vento era a respiração tranquila das quatro cordilheiras que cercavam Nyons como um escudo de proteção: Essaillon, Garde Grosse, Saint-Jaume e Vaux. Essas montanhas expiravam pela manhã e refrescavam o vale ao longo do rio Aigues com os aromas das plantas e o frescor das noites montanhosas. Sempre no mesmo horário e por exatos trinta minutos. E voltavam a inspirar à noite, depois do pôr do sol. Então a lufada de vento parecia vir das calanques e das baías de água salgada do mar. A corrente de ar espalhava um cheiro de lavanda e hortelã e libertava o dia do calor escaldante.

Da cozinha — um ambiente que todas as *mazets* nas encostas de penhasco da Drôme provençal cultivavam como um espaço para cozinhar, conversar, calar, nascer e esperar pelo fim —, a avó de Marie-Jeanne, Aimée, conseguia ver o berço da menina enquanto andava de um lado para o outro entre o fogão, com sua lenha em brasa, e a mesa.

Aimée dispôs rodelas de batata, azeitonas pretas *Tanche*, berinjelas e alho rosado fresco na velha assadeira ondulada, regou tudo com azeite suave e pegou, de um pote de cerâmica, queijo de cabra branco fresco da *fromagerie*. Em seguida, esfregou entre os dedos o tomilho selvagem com delicado aroma de limão que havia colhido na noite anterior. O leite esfriava em uma tigela no parapeito da janela; logo estaria na hora. Marie-Jeanne podia ficar agitada quando a avó demorava muito no preparo do almoço.

Sempre que o rosto muito enrugado de Aimée se voltava para a neta, sua expressão de concentração no trabalho se desanuviava, e as rugas profundas assumiam os traços joviais da ternura.

A velha e altiva oliveira continuava a entoar uma canção para a menina sob sua copa. Cantarolava a música secreta das cigarras, *tua luz me faz cantar*, fazia cócegas no nariz e na bochecha da bebê com um jogo de luz e sombras e se regalava com os dedinhos que se estendiam para a brisa suspirante de Pontias e com a risada gorgolejante e sussurrada que brotava daquela barriguinha.

Marie-Jeanne. Aimée.

Eram, uma para a outra, o mundo todo. Aimée para Marie-Jeanne, Marie-Jeanne para Aimée.

Amor.

Olhei para ela, Aimée, que eu havia tocado muitos anos atrás, mas ela não me viu. Ninguém consegue me ver, embora todos me conheçam.

Sou a quem chamam de Amor.

Meu encontro com a avó de Marie-Jeanne ocorreu em seus tempos de menina. Aimée Claudel acabara de completar treze anos. Era verão, o abafado verão de 1911. A vida acontecia lá fora. Por semanas, o calor foi sufocante nesta terra reluzente. As horas do fim de tarde, ao término de todo trabalho iniciado ao nascer do sol, eram tomadas por uma doce preguiça. Aquele foi um verão festivo. Cheio de melodias e sussurros: as folhas das oliveiras cantavam, os grilos cricrilavam, ah, e a suave queda dos figos à noite! O verão inteiro, uma febre contínua. Deslumbrante.

Quantos carregaram meu fardo naquele verão. E o quanto lhes custou me carregar alguns anos depois.

Que fardo.

Logo, Aimée se apaixonou por um jovem que entoava canções na cabana de ordenha do pai, que se fez soldado primeiro e, então, na Grande Guerra, se transformou em homem, retornando muitos anos depois. Mas, quando voltou, era como se aquele que tinha sido o jovem de antes houvesse se perdido em algum lugar dentro de si. Todas as canções, todas as cores. As montanhas eram tão silenciosas, mas a fúria era ruidosa dentro dele.

Ao longo dos anos, Aimée se pôs a desenterrar o ser escondido naquele corpo. Nas noites em que ele gritava e ela lhe cantava músicas aos sussurros; nas noites em que ele bebia e ela afastava o embotamento daquele olhar com paciência e uma sopa de cebola quente. Na calada das noites infinitas de inverno, entre as faces emudecidas das montanhas que encaram as pessoas de um jeito tão sereno, quando o marido de Aimée congelava cada vez mais por dentro, e ela lhe aquecia o corpo com a pele nua. A pele, que ficava cada vez mais macia com os anos, mais fina. E sob a pele se esgueiravam as coisas, as forças, a preocupação. A vida.

Naquele verão de 1911, eu toquei sua pele, corri as mãos de cima a baixo. Ela estava nua e havia se banhado no sempre reluzente turquesa do Aigues, que, em algum momento, se misturava ao grande e caudaloso Ródano. Aimée era bela, tinha as costas retas, que revelavam personalidade e força, e uma alma grandiosa e firme. Eu lhe dei muito de mim, talvez até demais. Talvez estivesse apaixonado por Aimée, e quem está apaixonado não presta atenção no quanto se doa. Na maioria das vezes, exagera. Foi por isso que voltei a esse dia, quando aconteceu tudo de que falaremos aqui, para vê-la.

Ao longo da vida, Aimée cuidou do menino desaparecido dentro do homem; todos os dias eu lhe dei tanto do poder do amor, e esse poder se juntou à obstinação e à bondade do seu ser e fez dela mulher.

Quando veio a Segunda Guerra, esta também se alastrou por Nyons.

E, sim, dói.

A lembrança do eco dos tacões marchando pela calçada, as vozes dos meninos forçados a virar homens, enfileirados na praça das arcadas, ofuscados pela luz do sul, confusos com o vento de Pontias, cegados por atividades inúteis, descabidas. Onde essas pessoas em marcha tinham deixado o que eu lhes dera? Elas também receberam amor. O que eu fiz de errado?

Houve anos em que duvidei de mim mesmo, do sentido e da força das minhas ações; foi aí que quase perdi as esperanças. O que as pessoas fizeram umas às outras? Aquilo era tão desnecessário.

Durante esse tempo, Aimée foi para Dieulefit com o marido e a filha Renée. Para a *Résistance*. Mil e quinhentos refugiados encontraram um porto seguro em Dieulefit. Crianças e adultos judeus, artistas e escritores, Louis Aragon e Elsa Triolet, o pintor alemão Wols. Nenhum desses refugiados foi traído pelos moradores do lugar e nenhum foi deportado. Sempre que os funcionários da deportação faziam uma busca, as pessoas escondidas eram levadas a outras fazendas durante a noite, em carroças e caminhonetes, por atalhos discretos nos cumes das montanhas e em trilhas abertas por javalis. Ainda mais fundo em montanhas e vales, nas gargantas das Baronnies, nos vales sulcados ao redor do Aigues, nos flancos do vale de Angèle, nas profundezas do Oules, nas dobras ocultas de Lance. Com a ajuda da secretária da prefeitura, Jeanne Barnier, Aimée forjou mais de mil documentos de identificação. Suas costas retas.

Um brilho interior é necessário diante dessa natureza que se dedica rigorosamente às suas leis imperturbáveis com um rosto imóvel, impassível.

Em Dieulefit, esse brilho individual foi milagrosamente combinado para formar algo maior. Coragem e resistência, honra e amor pelo ser humano, e esse amor que veio de longe, das profundezas de sua infância.

A guerra se foi. Aimée voltou para seu vale nas cercanias de Nyons, ao pé do Vaux.

E, então, depois de mais vinte anos entre as quatro montanhas, os mesmos caminhos entre pastagens de verão e fogueiras de inverno, entre vinhas e riachos, oliveiras e campos de lavanda, bosques de damascos e árvores-de-judas roxas floridas, minha irmã, Morte, viera e permitira que o menino cantor da cabana de ordenha de Aimée seguisse viagem.

Seu nome era Jean-Marie e, embora já tivessem se passado três anos desde sua morte, para Aimée ainda parecia ter sido no dia anterior. Em seguida, o destino levara sua filha e o marido desta, atirando-os para fora da estrada, rumo a um desfiladeiro.

Eu via o coração de Aimée, como batia ali dentro do corpo que caminhava entre o fogão e a mesa, sobre os velhos ladrilhos desgastados por tantos passos; como suas mãos se estendiam para quatro pares de talheres sem pensar, até lhe ocorrer que devia deixá-los de lado, pois só precisava de um par.

O coração de vocês, tal como o vejo, é no começo uma xícara de porcelana maravilhosa, vítrea e perfeita. Com os anos, aparecem as rachaduras, as lascas. O coração se parte, uma, duas vezes, repetidamente, e vocês se esforçam ao máximo para colar a xícara com cuidado, para viver com as feridas, embelezá-las com esperança e lágrimas. Como admiro vocês por não me jogarem fora, apesar de tudo.

Olhei para o coração de Aimée e vi que estava partido.

Aquilo era obra minha.

Eu impunha tudo isso. Precisar do que se odeia, perder aquilo de que se precisa.

Os cacos se desprendiam e, às vezes, Aimée se deparava com um. Quando ouvia uma música, quando sentia o cheiro do leite de ovelha e da terra orvalhada do outono, quando acidentalmente rolava para o lado vazio e frio do lençol à noite.

Quando os sinos de Saint-Vincent soavam onze vezes, com seu som curto, monossilábico, metálico e forte, como no funeral de Jean-Marie.

Então, sua pele chorava.

Nem o Amor nem a Morte sabem nada sobre a Justiça.

O que eu teria dado para poder mudar minha natureza!

Sim, tive vergonha. E talvez tenha sido essa vergonha que fez com que eu me inclinasse sobre o berço para não ver os estilhaços e a pele chorosa de Aimée.

O Amor teve vergonha e, quem sabe: talvez o que se seguiu tenha sido o preço que tive de pagar.

— Oi, Marie-Jeanne — sussurrei.

2
A elegância involuntária do Desespero

Por precaução, mantive minhas mãos às costas. Não podia tocar acidentalmente na pequenina e lhe impor cedo demais a ânsia e a busca.

Minha hora chega mais tarde na vida das pessoas, da mesma forma que cada um de nós tem um tempo próprio.

Eis o que somos: os estados de ânimo, as peculiaridades, as características, os elementos, como quer que chamem ou resumam numa única palavra o que é nossa natureza intangível. O Amor, a Paixão, a Criatividade, a Luxúria, a Inteligência, o Humor, o Medo, para citar apenas alguns de nós. Vocês nos arrumam em conjuntos de letras, sem muitas sílabas, em palavras não muito grandes; às vezes eu gostaria de perguntar por que não recebemos outros nomes.

Todos temos um momento próprio para deixar nossa marca na vida de alguém e lhe dar desejo ou racionalidade, paciência ou inquietação, em porções muito arbitrárias. Todos nós, até minha parente distante e horrível, a tia Lógica, e sua ridícula família racional — Razão, Pragmatismo, Consciência e um punhado de companheiros igualmente realistas —, damos a uma pessoa tanto quanto nos apraz, dependendo do caso.

A má notícia: não há regras.

Cada um de nós é tão apressado, sério ou irresponsável quanto o momento e o estado de espírito permitam. Desde a pitada de Paixão que escorre por entre os dedos até uma carga sufocante dela, do tamanho da carga de um caminhão. E muitas vezes nas combinações mais impossíveis. Vocês conhecem esse tipo de gente: o comediante profundamente triste e engraçado, o professor que é tão apaixonado por sua profissão racional, a esposa que anseia por uma paixão desmedida mas é sempre fiel, e, claro, todos aqueles cujas duas, três, quatro, oito!, almas dentro do peito os destroçam.

E outra notícia não tão boa: raramente nos reunimos em torno de um berço, gangorra, caminha ou cercadinho para ter discussões sensatas; há muito o que fazer no mundo para isso. E por acaso parecemos as sete fadas malvadas?

Exato.

Às vezes, a Razão ou a Lógica só chegam quando a Luxúria e o Prazer já criaram sua cota de problemas. Geralmente, são personalidades apaixonantes que se jogam de cabeça em decisões garantidamente catastróficas, apenas porque tudo é tão bonito, e mesmo o pensamento mais inteligente não pode pará-las. Em outros lugares e épocas, porém, o Prazer só aparece tão tarde que a jornada da vida já se aproxima das penúltimas paradas. E, num acesso de generosidade, tenta inundar a vida passageira com o dom tardio da intensidade. Isso às vezes leva os idosos, até então orientados pela Razão, a ousar e desfrutar, nos últimos metros de sua caminhada, daquilo que sempre ignoraram. Como se uma janela tivesse sido aberta, e agora eles quisessem se aventurar nesse ar livre desconhecido e maravilhosamente refrescante. Para outros, pode parecer que estão deliberadamente correndo da segurança para a desgraça, mas isso não é verdade. Pelo contrário. São essas feras caprichosas, a Curiosidade ou a Paixão, que jogam a pedra e observam, sorrindo a uma distância segura, enquanto a vida, até então plana, de repente se agita em espirais grandiosas e caóticas.

O importante é o seguinte: aquele de nós que for o primeiro a deixar uma marca moldará o caráter da pessoinha mais que todos os outros. O primeiro define o tom, a fundação.

☞ Um breve comentário sobre meu modus operandi

Havia alguns jovens em Nyons que cambaleavam na soleira da vida adulta e que, por causa da imensa bagunça na cabeça, pareciam mais receptivos aos diversos fardos das minhas competências. Tudo neles transpirava cor; perceberam que queriam muito mais da vida do que um quarto só para eles, pendurar-se de cabeça para baixo no balanço, fazer uma fogueira e nunca ter que ir para a cama cedo. E, naquelas noites quentes de agosto de 1958, eles ganharam corpo, olharam para cima, para as estrelas cadentes cintilantes, as Perseidas, e, de repente, algo dentro deles começou a se abrir; de repente, muitas coisas se tornaram indescritíveis.

A Noite dos Desejos, é assim que se chamam essas noites; e é preciso prestar muita atenção aos seus desejos, pois eles viram realidade.

Andei entre as moças e os rapazes enquanto choviam estrelas nessas noites de São Lourenço. Noites que aqueciam o rosto, os braços e as pernas nuas, que cheiravam a tomilho, alecrim, lavanda, sálvia e hortelã, depois de brotarem da terra doce e proibida que os adultos sempre guardavam com tanto zelo para si.

Em 1958, sob o manto da escuridão, toquei de passagem essas almas que se tornavam corpos, aqui e ali. Um ombro, uma boca, uma das mãos. E seria nesses lugares que esses corpos sentiriam o amor de forma mais intensa pelo restante da vida.

Por isso as pessoas andam de mãos dadas, se abraçam e procuram a boca umas das outras.

Ah, e só para o caso de alguém me perguntar: não, nunca coloquei minha marca num traseiro. Jamais. Portanto, é totalmente em vão dar tapinhas na bunda de alguém na esperança de que seus olhos fiquem turvos de felicidade e o amor comece seu jogo perturbador. Isso também se aplica a outras partes do corpo que pertencem à minha irmã temperamental, a Luxúria. Falaremos dela mais tarde, não agora, e apenas brevemente.

Assim, o Desejo e a Curiosidade preferem ficar à minha sombra e garantir o caos na vida de uma pessoa quando ela se enreda entre o Amor e o Desejo, entre a Seriedade e o Divertimento.

Cá entre nós, em geral, o Prazer e a Curiosidade são traiçoeiros, blasfemos, vaidosos, bem-humorados sem motivo, ao mesmo tempo incrivelmente fáceis de perturbar, não respeitam nada, principalmente o Amor ou a Lógica, temendo apenas a Morte. Todos tememos. Nossa irmã grande, bonita e que nunca envelhece, que pode silenciar a todos, que conserta o que fazemos, o que impomos à alma de alguém em uma única vida, e só então a Luxúria e a Curiosidade se calam e olham para o chão.

Coloco em vocês, seres humanos, uma marca que é invisível aos olhos e os conecto. A partir de então, eu os deixo buscar uns aos outros e, se desejarem, dou força e esperança. Eu os deixo fazer coisas e ser uns pelos outros, preparo espaço para a estupidez e a generosidade, para a paciência e a fantasia.

São vocês que tornam o amor visível em tudo que pensam e dizem a partir de então, que fazem e permitem que o outro faça; vocês me vivenciam, vocês me traem.

Mas, no início, transformo vocês em exploradores. Vocês se tornarão amantes um dia, uma noite, no meio da vida. E começarão a se desejar. Simplesmente não sabem quem desejarão.

Eu venho e vou quando quero, nenhum de vocês pode me prender.

Ninguém.

Pelo menos era o que eu pensava.

* * *

De repente, as cigarras se calaram.

E ela veio.

— Você chegou cedo demais, meu querido — disse minha irmã, Morte, que se aproximava entre as buganvílias em flor.

As abelhas puxaram os copos de glicínias sobre a cabeça como capuzes.

O vento perdeu a força.

— Você também — retruquei. Tinha acabado de pensar em dar um jeito no coração partido de Aimée, no último pedaço possível. Havia alguém nas montanhas de Condorcet, e aqueles dois...

A Morte já avançava para a porta aberta da cozinha. Vi Aimée se endireitar e nos encarar. Devagar, ela enxugou as mãos num pano de prato preso à cintura, por cima da saia. Apoiou-se na mesa, ao lado do solitário prato azul. Olhou para fora, para o berço, para as montanhas, viu além da Morte que caminhava em sua direção.

— Não fui eu que escolhi o momento. Eles mesmos fazem isso — disse a Morte, calmamente.

— Mas, então, a criança ficará sozinha. Volte amanhã. Ou, melhor ainda, daqui a alguns anos.

— Tem a oliveira.

— Ela não consegue aquecer o leite da menina.

— Ela a protegerá do sol e da chuva, será o suficiente. E, se não for, eu voltarei.

— Posso me manifestar? — perguntou a oliveira.

A Morte cruzou a soleira.

— Não — pedi em voz baixa.

— Jean-Marie? — disse Aimée quando a Morte parou diante dela.

O prato azul caiu no chão. Em seguida, Aimée tombou.

A Morte segurou Aimée e a amparou com os braços do marido, aquele que cantava para ela, e nesses braços a alma deu um suspiro de alívio. Ela espiralou, soltando-se do corpo, desdobrando-se em Luz, e essa Luz se espalhou cada vez mais.

— Uma grande alma — sussurrou a Morte. — Ela amou. Isso graças a você.

Então se ajoelhou, segurou a mulher e ergueu os olhos para a Luz, que era maior que ela, maior que a Morte.

Eu ainda estava em pé ao lado do berço quando a Luz quente e suave me envolveu, uma Luz semelhante àquela que distribuo em abundância, e só nesse instante percebi que não tinha mais as mãos às costas. Estavam pousadas na beira do berço.

Marie-Jeanne segurou um dos meus dedos com sua mãozinha e o agarrou com força.

A criança me olhou. Olhos azuis arregalados e sem medo estudaram cuidadosamente meu rosto.

Isso nunca havia acontecido.

Nunca antes uma pessoa foi capaz de segurar o Amor. Muito menos me viu, meu ser, minha personalidade, meu rosto, minha forma. Foi sempre ao contrário; sou eu que vejo cada pessoa até o âmago do seu ser.

Mas agora: Marie-Jeanne.

— Agora, você pertence a ela — disse a oliveira. — E isso vai criar uma quantidade extraordinária de problemas.

Aquela sabichona já começava a me dar nos nervos.

☞ Quem também consegue amar

As oliveiras. Elas também conseguem amar, sério, quase tinha me esquecido. Faço o que faço há tanto tempo. Um tempo infinitamente longo. Em algum momento, alguns séculos atrás, eu descansei neste tronco ainda jovem e delicado, quando não havia nada mais do que solitários *bories* de pastores e mosteiros remotos nos vales e nas colinas ao redor de Nyons; e ali foram construídas as primeiras casas, o forte, a ponte, a torre fortificada e a igreja de Saint-Vincent. E não dá para simplesmente se lembrar de cada árvore, *pardon*.

Das pessoas eu sempre me lembro. De todas. Visito cada uma delas pelo menos uma vez durante sua viagem (algumas até duas, três vezes, não gosto de ser mesquinho) e, de tempos em tempos — adquiri esse hábito frívolo ao longo dos milênios —, dou uma passadinha rápida. Só para espiar. Sim, sou curioso. Sim, e daí? Só quero saber o que fazem com aquilo que deixo para elas.

Elas. Vocês. As pessoas.

A maioria de vocês sofre de uma incrível falta de talento para lidar com o amor.

Seria tão fácil. "Ah, oi, Amor, entre, fique à vontade. Já sabe quanto tempo vai ficar? Uma noite, um mês? Ah, é, a vida toda? Tá, então vou me preparar para os altos e baixos. Se você mudar de ideia e, apesar de tudo, sair de cena aos poucos, vou gritar para você: 'Agradeço por ter estado comigo. Eu amei, por isso vivi de verdade, mesmo que apenas por uma noite.'"

Mas, obviamente, nunca é tão fácil.

As pessoas não me notam. Nem quando estou na cara delas e aponto enlouquecidamente para alguém com quem poderiam saborear o que é o amor — um misto de leveza, seriedade, otimismo, pessimismo, alegria, angústia, busca, encontro, sou tudo de tudo, o único sentido verdadeiro pelo qual vale a pena agarrar a vida com as mãos.

E, ainda assim, sou invisível. Apenas o que vocês fazem me torna visível. Amar é uma atividade. Isso, e...

Mas vamos enfim ao ponto que venho gloriosamente evitando.

O que aconteceu depois daquele acidente com a impossibilidade, uma impossibilidade que trouxe uma grande desordem para tudo; o destino, o universo, os amantes.

E, sim, foi necessário contextualizar.

Vocês estão se habituando aos poucos comigo.

Agora vamos dobrar o Tempo pela primeira vez, mesmo que ele odeie isso.

De que serviria estarmos reunidos num livro se não tivéssemos decidido que é exatamente aqui que tudo pode conviver: a magia e o vasto mundo, o sobrenatural e as boas explicações? Não são os livros o último lugar no planeta onde se encontram pessoas e épocas, paisagens e sentimentos que, de outra forma, raramente se encontrariam?

Se eu sou a poesia dos sentidos, os livros são a poesia das impossibilidades.

3
Livros só causam problemas

Marie-Jeanne Claudel tinha quase dez anos quando cortou uma de suas tranças bem na nuca com a tesoura de poda de Francis. Ao ser interrogada por Elsa, sua mãe adotiva — e esposa de Francis Meurienne, o coletor e vendedor de velharias de Nyons, ocupação esta da qual Elsa vem reclamando com maior ou menor empenho há duas décadas —, sobre o motivo de ela ter feito, pelo amor de Deus Nosso Senhor de Todos os Sacramentos (e, se não for problema, adicionaremos um palavrão aqui), uma *merde* dessas, Marie-Jeanne não conseguiu explicar direito. Mas tinha algo a ver com Loulou. A loira Loulou, terceira das cinco filhas da padeira Claudine Raspail, de Nyons. Loulou, que ficou tão infeliz quando olhou para os longos cabelos escuros de Marie-Jeanne na sala de aula e tentou arrancar os próprios cabelos loiros curtos com tanta tristeza que Marie-Jeanne teve de cortar sua trança para que Loulou se sentisse melhor.

— E a bobona invejosa ficou melhor?

— Acho que sim. Pelo menos ela riu e agora sempre ri quando me vê. E ela não é bobona. É tão bonita e roliça quanto um brioche.

Essa resposta foi seguida por alguns palavrões, que não mencionaremos aqui, no mais belo dialeto rodanês da região da Drôme provençal. Elsa sorriu por dentro, cheia de orgulho pelo gesto tão amistoso quanto descabido de Marie-Jeanne em favor de sua nova amiga, mas não deixou que o sorriso se externasse. Vamos descobrir ainda por que Elsa tinha duas caras e só apresentava a mais desagradável ao mundo.

Elsa não considerava benéfico para o caráter que as meninas fossem especialmente bonitas antes de seu décimo sétimo aniversário.

Então, cortou com determinação a segunda trança, lavou o restante do cabelo curto de Marie-Jeanne (com uma gentileza surpreendente, se ignorarmos os xingamentos murmurados) usando um sabão de lavanda caseiro feito com leite de cabra, e acertou as mechas cheias de pontas e fios teimosos com uma tesoura normalmente usada para cortar as linhas dos véus de renda de bilros e leques espanhóis. Elsa se orgulhava de ainda conseguir fazer esse trabalho manual impecável, que as noivas ambicionavam como dote, apesar da vista cansada.

Casamentos. Outra coisa que Elsa chamava de confusão poética, quando ficava sentada no celeiro de Francis, à noite, disfarçando o choro em lenços de renda retorcidos, porque só desejava o melhor que a vida tinha a oferecer aos que se amavam. E que eles confiassem no amor mais do que Elsa, porque... bem, ela preferia não pensar muito no assunto. Elsa era muito boa em enterrar um pensamento quando este a perturbava e quando, por exemplo, era sobre si mesma.

— Muito bem — disse Elsa, e pôs a tesoura de volta na caixa de bilros. — Agora você está parecida com Jean Seberg. Ela também tinha palitinhos de fósforo na cabeça.

— Com quem?

Um momento de hesitação. Um vasculhar concentrado nos bilros. Mas agora já tinha deixado escapar, então Elsa teve que continuar, por bem ou por mal.

— Ah, uma coitadinha. Uma atriz americana. Fez o papel principal em *Bonjour Tristesse*. Então, se apaixonou por um escritor, que são todos mentirosos e bêbados, e foi aí que a desgraceira começou.

Ela esperava que Marie-Jeanne entendesse o sinal: fim do debate sobre cabelos e paixões trágicas.

Marie-Jeanne não lhe deu trégua.

— O que é *Bonjour Tris*... É "Bom dia, Tristeza"?

Suspiro. Como é que as outras faziam, quer dizer, as mães de fato? Desviavam da verdade delicadamente até que as filhas descobrissem as coisas sozinhas e as repreendessem por nunca terem contado a história toda?

— Na verdade, é um livro. De Françoise Sagan. — Elsa não daria mais detalhes do livro mais escandaloso da última década. Ou seja, tinha de sair depressa pela tangente. Mas em que direção? Ah, sim, tinha ouvido os artesãos do Bar du Centre do Luc de Marselha falarem sobre isso: — Françoise sempre dirigia carros velozes descalça. Era muito jovem quando escreveu o primeiro livro, só alguns anos mais velha que você.

— Posso ser escritora também?

Ai, pensou Elsa. De alguma forma, a conversa se complicou de novo. Se tivesse dito outra coisa, por exemplo: "Agora você parece o Pinóquio ou um cogumelo da floresta." *Voilà*. Mas, sabe-se lá, mesmo assim a conversa provavelmente teria se desviado para uma direção que teria deixado Elsa em apuros.

Era sempre assim com Marie-Jeanne. Com a inocência curiosa da garota, as conversas sempre se desviavam para algo que colocava Elsa numa sinuca de bico.

— Melhor não.

— Por que melhor não?

Minha nossa! Onde estava Francis quando se precisava dele?!

— Você gostou do penteado novo?

— Por que é melhor eu não ser escritora?

Ora, pensou Elsa. Ela poderia dizer à filha adotiva o que outras mães provavelmente esbravejariam: "Escritora, por favor! Nunca vai arrumar um marido desse jeito!" Ou: "Já existem livros suficientes no mundo, por que quer escrever mais um?" Ou, também, ainda que ela mesma não acreditasse mais no que lhe fora dito na escola: "Quem lê muito fica propenso à libertinagem." O que é especialmente válido para as moças. E, depois, para onde a escrita poderia levá-la: Oh! Marie-Jeanne só iria à cozinha para acender um cigarro na boca do fogão.

— Sabe, os livros basicamente só causam problemas.

— Não se deve falar uma coisa dessas para a menina — disse Francis, que tinha acabado de entrar na cozinha, vindo lá de fora. Primeiro chegou sua barriga rechonchuda, depois o restante. Ele mancava e sorria. Um sorriso luminoso no rosto queimado de sol, as sobrancelhas grossas e escuras. — Os livros não têm culpa de nada.

— Como assim? Nunca é cedo demais para uma garota descobrir do que ou de quem deve ficar longe. Quem me dera alguém tivesse me falado disso a tempo.

Bam, havia deixado escapar de novo, e atingiu Francis. Elsa percebeu pelo esgar de canto de boca. O marido tinha uma boca de barquinho, as extremidades sempre voltadas para cima num ângulo de caloroso prazer com a vida. A menos que ela dissesse algo desagradável para ele, então o barquinho feliz emborcava no rosto tão familiar e querido.

Elsa resmungou, Francis suspirou.

E Marie-Jeanne? Acariciava discretamente a tesoura; as duas lâminas tinham o formato de um bico de cegonha, e sua plumagem e orifícios para os dedos eram dourados.

Estava pensando que as escritoras podiam fazer o que bem entendessem. Dirigir descalças, ficar bêbadas (independentemente do que isso fosse, parecia atraente) e contar histórias ao mundo do jeito que mais gostassem: sempre com finais felizes. Pelo menos era o que Marie-Jeanne faria.

Como seria bom levar as pessoas à segurança dos livros! E sempre seria verão.

Fora dos livros, o verão estava demorando muito para chegar. As cigarras estavam silenciosas, seu canto ainda não havia começado — e um dos mistérios mais intrigantes do século na Drôme provençal era: é o canto da cigarra que traz o verão ou é o verão que faz a cigarra cantar?

☞ Uma observação possivelmente necessária sobre Elsa Malbec

Elsa Malbec. Não é fácil nascer com um sobrenome com esse significado — *mal bec,* bico ruim. Elsa o cultivou desde cedo; primeiro ouvindo os pais no pátio da casa e depois nas ruas, como as pessoas falam depois de passar por uma ou até duas guerras, de um jeito agressivo, em voz alta, no dialeto occitano rodanês ou *gavot*, com frases vindas das batalhas, da Bíblia e da educação rígida, e como fechavam o punho, mesmo nas refeições, o punho bem ao lado do prato de barro. Portanto, aquilo não tinha absolutamente nada a ver com seu casamento sem filhos com Francis Meurienne, o fornecedor e colecionador de coisas estranhas. A quem, aliás, Elsa amava, de maneira desesperada e agradecida; aquele homenzinho manco que a suportava, que a acolhera, ela, uma coisinha nada bonita, mas pelo menos útil, ainda que torta, ela, o bico ruim, que não conseguia fazer nada além de morder, bicar, se defender, resistir com toda a força à Ternura, à Intimidade e ao Amor.

Credo, o Amor.

Ah, o Amor!

Elsa precisava tanto de mim e odiava precisar de mim.

Elsa não queria se expor àquele maldito idiota, o Amor tirano. Para Elsa, eu era um tolo estúpido e insidioso que ria das pessoas e, definitivamente, riria de alguém como ela, torta como uma oliveira...

Mas como Elsa poderia saber que estou muito pouco interessado na aparência ou no caráter de uma pessoa? Eu vejo o que é essencial. Vejo como um coração pode amar. Na maioria das vezes, coração, boca e cabeça estão estranhamente conectados — e o amor de uma pessoa se manifesta como severidade, como uma coleção impressionante de palavrões, ou é acompanhado de um desespero silencioso e tímido.

Às vezes eu gostaria que alguém inventasse um *dictionnaire d'amour*, um dicionário do amor, para traduzir todos os comportamentos estranhos através dos quais as pessoas expressam seu amor. Um número surpreendente de homens opta por consertar coisas, outros entram em pânico e rejeitam elogios, e outros calam teimosamente seu amor para não constranger ninguém. Sim, um dicionário! Mas, ai, ai. Provavelmente permaneceria incompleto.

Enfim. Elsa. Tinha cerca de um metro e oitenta de altura, um corpo macio como um travesseiro, braços fortes, um rosto que parecia uma antiguidade clássica italiana (é só você procurar os antigos mestres, como Lorenzo Lotto, ou imaginar a Mona Lisa na casa dos quarenta, com um vinco na testa), e possuía parentes distantes na Itália, que às vezes lhe mandavam um presunto pelo correio. Ela queria ser independente, sem tanto medo. E era terrível o quanto Francis a amava; só muito lentamente, depois de vinte anos, ela estava começando a gostar. E, uma vez que gostasse, aaaaah!, ficaria ainda com mais medo de perder esse sentimento, de perder Francis e sua barriga rechonchuda, seu pé ruim e seus pulsos bronzeados até os punhos do suéter que cheirava a sol, e isso ela não queria. Não queria viver com medo e depois enlouquecer e se curvar para, de alguma forma, não perder aquele amor. Aquilo não era vida. Não tinha sido meu primo desagradável, o Medo, que se doara tanto assim a Elsa. Na verdade, havia sido a Fantasia que transformara o medo de Elsa num pânico moderado, enquanto a Razão pura contemplava essa aliança profana com desespero, porém tímida demais para intervir.

Certa vez, toquei as mãos de Elsa. Antes disso, o talento para as artes já havia entrado na vida dela e lhe dera sua sensibilidade, precisão e infinita paciência, e eu tinha segurado aquelas mãos sábias, flexionado suavemente os punhos infantis e depositado ali tudo de que ela precisava.

Então, a jovem Elsa Malbec fechou o punho de novo, e foi só na noite em que o então jovem Francis pegou timidamente sua mão, que ela sentiu ternura. A doce ternura de uma existência.

Antes de Marie-Jeanne entrar em sua vida, todos os dias Elsa calculava que Francis não voltaria para casa, para esta casa construída com pedras dos campos e das montanhas, na saída sul do vale do Aigues, cercada por pomares, oliveiras e, quando o vento estava bom, também pelo perfume da fábrica de sabonetes de Nyons.

E por que Francis deveria voltar para ela? Era por isso, então, que Elsa era desagradável com ele, e também porque o amor não dura para sempre, de qualquer maneira, não importa o que você faça ou deixe de fazer, portanto... Em seguida, Elsa Malbec se enredava em seus pensamentos e fazia outra coisa, como trabalhar freneticamente com rendas ou marchar de forma resoluta por sua horta bem cuidada e afogar caracóis numa caneca de cerveja.

Às vezes, ela enterrava o rosto num dos suéteres azuis de trabalho de Francis e respirava o cheiro dele, o dele e o da terra, irrevogavelmente infiltrado na pele, e então essa sensação beliscava o peito de Elsa com tanta força que ela mal conseguia segurar o choro. Não queria que Francis visse as manchas salgadas e soubesse como sofria por ele mesmo estando vivo; por seu marido, por sua casa; ele era o mundo inteiro para ela, e é por isso que ela odiava o Amor e a si mesma e a ele; mas, sobretudo, a si mesma, por amar tanto.

Francis. Era automático fazer um arremedo de beijo quando falavam seu nome, e ela fazia aquele biquinho o tempo todo, sozinha no celeiro: "Francis."

E a criança.

Todo o encantamento daquela criança, como sempre fora desde a primeira hora naquela casa, o modo como abraçava a vida com tanto entusiasmo. Como celebrava e apreciava tudo, atenta e alerta, com devoção, sim, aquela linda e antiquada palavra, devoção, algo que Elsa só conhecia dos livros. Talvez dos nove ou dez que ela havia lido voluntariamente até então. O da impetuosa e livre Françoise Sagan tinha sido um deles, que contara a Elsa mais sobre o amor do que ela gostaria de saber.

Mas também lhe mostrara que, além de sua vida, havia outra, e ao lado dela, outra, e outra, e um número infinito de vidas, muitas das quais permaneceriam inacessíveis para ela. Elsa havia nascido neste presente e não sabia como abrir o punho cerrado. Talvez fosse por isso que os livros lhe dessem tanto medo.

Mas voltemos à devoção de Marie-Jeanne. Aquele amor destemido. Pelas estrelas, pelas nuvens e pelos diferentes tipos de chuva. Devoção às flores, às sementes e às várias formas de fezes dos roedores (aquelas pragas!) e dos javalis. Devoção ao estalo das escarpas em dias de chuva, quando acidentalmente se escorregava com as botas para dentro do Aigues. Devoção aos ruídos que o inverno fazia (o vento assobiando pelos cantos, o crepitar azul do fogo na lareira!) e a devoção com que Marie-Jeanne observava os dedos de Elsa enquanto esta fazia renda de bilro nos meses de inverno, quando a desaceleração do tempo impunha às tardes uma tonalidade cinza-azulada.

E como essa criança entendia o que Elsa fazia! O que os dedos dela podiam fazer, entrelaçando ternura e esperança em algo tão mundano quanto renda. E como essa criança um dia lhe disse "mamãe", e o coração azedo de Elsa se derreteu num brilhante e suave hidromel. Ah, como foi doloroso, e como foi bom, e como doeu.

O que mais Elsa poderia fazer senão ser dura com a menina? Dura para que não doesse tanto se um dia ela partisse.

A criança e seu amor por Elsa, por toda a sua existência, faziam com que Elsa sentisse essa vida tênue escorregando pelos dedos, um fio fino que ela não conseguia segurar. E o fim de tudo era como um predador que ela sentia à espreita lá fora, atrás da moita dos anos que viriam. Mas o maior desperdício de sua vida era o amor que ela não dava. E se um dia morresse sem dizer a Francis "Eu te amo"?

Às vezes, ela achava que se desenterraria com as próprias mãos para lhe dizer a frase pela primeira vez.

4
Como um homem uma vez encontrou uma criança

— Marie pode me ajudar hoje — disse Francis, por fim.

— Por mim, tudo bem. Essa coisinha boba só está me atrapalhando mesmo — resmungou Elsa.

"Por que disse isso?", perguntou a Razão de Elsa. "Você não queria dizer isso."

"Porque quero tornar mais fácil para os dois finalmente saírem juntos e terem suas aventuras. Porque sou como uma nuvem escura a lhes esconder o sol. E agora podemos parar de falar nisso? E quem é você, afinal, resmungando baixinho na minha cabeça?"

(Bem, pelo menos você e eu sabemos. A tímida Razão.)

Como negociante e distribuidor de velharias — a expressão "carreto" ainda não tinha sido inventada na França no fim dos anos 1960 —, Francis estava sempre ocupado, levando coisas de lá para cá. Visitava as fazendas mais remotas nos vales e encostas entre Mirabel, Montjoux, Chaudebonne e Sahune, memorizava os pedidos (Francis não conseguia escrever rápido o suficiente, mal conseguia ler rápido), e, então, dependendo da rota, prendia o burro Josephine na carroça ou persuadia sua caminhonete Kastenente azul Louis III a ligar de novo e subir os caminhos estreitos e sulcados pela chuva.

Então, Francis e sua barriga rechonchuda, coberta pelo suéter azul de malha grossa, se enfiavam atrás do volante e carregavam coisas. Acoplamentos de reboque, alambiques, alças de balde de poço, coisas pelas quais ninguém atravessava voluntariamente as quatro cordilheiras de Essaillon, Garde Grosse, Saint-Jaume e Vaux, no vale de Nyons, para depois voltar com dificuldade através do *garrigue*. E, quando Francis entregava os itens, sempre encontrava algo que precisava voltar ao mundo, saindo dos recônditos mais obscuros de celeiros e fazendas. Um quebra-nozes sem o dente da frente. Um cavalinho de balanço cego. Um triângulo sem badalo. Cômodas, molduras vazias, conchas de sopa. Todas as coisas estranhas que haviam perdido a utilidade e a eficiência, mas não a alma. Algo nelas tocava Francis Meurienne, e muitas vezes ele voltava com seu furgão azul, subindo em primeira marcha as curvas íngremes e estreitas das montanhas e, opa!, descia freando, só para devolver à luz do dia uma coisa esquecida nas sombras. Sinos de vento que careciam de brisa, um torrador de café que só o avô falecido sabia operar, um mangual, funis de gramofone.

O sítio de Francis Meurienne e seus celeiros entre Nyons e Mirabel abrigavam uma miscelânea que um dia apresentaria muitos desafios a arqueólogos e historiadores, desejosos por saber o que se passava ali.

Mesmo quando menino, sendo o mais novo em uma sequência de seis filhos e, portanto, perdido no centro das atenções dos pais, Francis tinha adquirido uma terna e secreta afeição por coisas abandonadas. Tudo que os outros deixavam de lado, ele pegava para si. Consertava algumas coisas e organizava outras em coleções para que os rejeitados pudessem ter com quem conversar. Claro que as coisas não se falavam, mas... era um pensamento reconfortante.

Ele provavelmente havia esquecido que tudo começou quando, aos oito anos, perdera sua utilidade depois do encontro acidental de seu pé com o pneu do trator de um vinicultor; mas, mesmo que se lembrasse disso, não faria muita diferença. Francis não acreditava em complicar muito as coisas dentro da cabeça.

No entanto, ele nunca disse isso para ninguém, sobre essa sua postura em relação às coisas.

Exceto para Marie-Jeanne, e nem foi diretamente.

Nem precisava. Fosse como fosse, ela o entendia.

Tudo era muito mais fácil com Marie-Jeanne. Porque sempre que Francis via Marie-Jeanne, uma pequena fonte gorgolejava em seu peito. Chuá, chuá, fazia a fonte, e todo o seu coração mergulhava em champanhe.

Ele pegou a trança castanha enrolada nos ladrilhos da cozinha, passou-a em volta do punho e a guardou no bolso. Um dia, ele havia decidido anos antes, daria a Marie-Jeanne uma caixinha para que ela levasse quando partisse para o grande mundo além das quatro colinas. Dentro, estariam todas as coisas de que ela gostava na infância. Naquela época, Francis pensava em flores prensadas, conchas de caracol e penas de gavião.

Mas fazia tempo que a caixinha já tinha se transformado num baú que ele enchia no celeiro. Porque Marie-Jeanne amava quase tudo. Amava o mundo inteiro, mesmo que, na opinião de Francis, isso não fosse possível nem útil.

Adorava levantar-se de manhã e olhar para o cume do Mont Ventoux, quer estivesse à vista ou escondido atrás de nuvens reflexivas. Gostava de deitar-se em lençóis frios à noite, abrir a janela e ouvir as melodias do anoitecer — corujas, mochos, o murmúrio suave do mar, tão semelhante ao farfalhar das florestas. Amava o cheiro da sala de aula e as cores que os seixos assumiam quando ela os mergulhava na água do poço. Adorava o molho de tomate de Elsa, com azeitonas pretas de Autrand, e o rangido dos velhos sapatos de couro de Francis no chão de madeira irregular do sótão da *mazet*. Gostava de ver o sabão de Nyons tomar a forma de suas mãos e amava o eco do *ancien clocher*, os sinos de setecentos anos na "Torre da Maçã", em Nyons, em uma tranquila manhã de outono, quando a neblina e as nuvens úmidas pairavam entre o topo das montanhas e carregavam os sons e ruídos do mundo por toda parte.

Ela dançava com esvoaçantes borboletas-limão ao seu redor, colhia folhas de grama de vários comprimentos e tons desde que Francis havia lhe mostrado como soprar uma lâmina de grama umedecida pelo orvalho. Adorava quando Francis reduzia a marcha no novo túnel perto de Nyons, e Louis III, por um instante delicioso, soava como um carro de corrida em Mônaco.

A menina tinha um dom infinito para viver, e isso o contagiava.

Marie-Jeanne colecionava ervas aromáticas, letras favoritas, pinhas abertas, bolas de petanca arranhadas; para horror de Francis, também colecionava os palavrões rodaneses de cadência italiana que Elsa adorava deixar escapar; reunia animais abandonados (de uma só vez, Francis havia resgatado três gatinhos de rua, e Marie-Jeanne os chamou de Miez, Mau e Moo — como se já não bastasse a cachorrada que tinham, com Tictac e suas orelhas caídas, aquele pequeno atrevido marrom-e-branco, agora também possuíam uma gataiada), rostos em árvores... e assim eram todos os dias, nada era feio para ela, tudo era adorável e especial.

Francis olhava para a filha adotiva com o espanto de um homem que foi pai tarde na vida, e não por mérito próprio. Ele sorria. Não conseguia evitar, e, provavelmente, Marie-Jeanne e algumas cabras leiteiras que passavam eram as únicas que viam Francis Meurienne sorrir com tanta frequência, aquele barquinho, uma embarcação risonha, a proa e a popa erguidas ao sol do terno amor paternal.

Tudo havia começado quase dez anos antes, em 1958, quando ele a encontrou no jardim de Aimée Claudel, deitada em sua cesta de vime, aparentemente se divertindo — sem se dar conta de que sua avó não possuía mais um sopro de vida. Ela estava com os pequenos punhos cerrados no ar — "Como uma pequena Joana d'Arc, sério, Elsa, como se quisesse dizer: *Vivat!* Avante, companheiros, sim, e como se ela se agarrasse a algo, algo luminoso, e sabe o que era estranho: as cigarras não emitiam som algum, nenhum, e era meio do verão. Como se o tempo tivesse parado" —, e o coração de Francis se abriu quando ele acariciou timidamente o pequeno punho estendido, e Marie-Jeanne se agarrou ao áspero polegar com a mão esquerda livre.

Algo aconteceu naquele momento.

Alguma coisa veio...

Como um rio.

Francis Meurienne conseguiu respirar com mais facilidade. Sentiu-se inundado por uma onda de calor e leveza. Quis fazer planos. Quis encontrar Elsa e lhe contar o que estava pensando. Quis fazer alguma diferença no mundo, um dia ter uma ideia que mudasse tudo. Pela primeira vez, pensou que sua existência fazia algum sentido.

E, então, aquela coisinha o encarou como se entendesse tudo sobre ele. Sim, tudo, inclusive aquilo que o próprio Francis não entendia.

Por que ele amava Elsa (embora não pudesse haver mulher mais desagradável entre a Drôme provençal e a Camarga)? Por que não gostava de falar com pessoas, mas com flores, árvores e o *garrigue,* aqueles arbustos de tojo teimosos? Talvez porque fossem como Elsa. Faziam parte da terra, e ele pertencia a Elsa.

E então o *maire*, o prefeito de Nyons, decidira que a neta órfã da combatente da *Résistance* Aimée Claudel não deveria ir para um dos orfanatos estaduais de Lyon. Ela ficaria com Francis e Elsa, que receberiam uma pequena contribuição da cidade. Francis sentira um enorme alívio. Por poder ficar com a pequena que o entendia com tanta facilidade; e, por incrível que pareça, esse sentimento não se alterou quando Marie-Jeanne cresceu um pouco e aprendeu a falar.

Ela possuía uma loquacidade e um respeito pelas coisas e pelos seres vivos que Francis achava profundamente comoventes, mas sabia muito bem que nem todo mundo a compreendia.

Ele falava com seu carro, e a maioria das pessoas gostava de conversar com cães; estranhamente, ninguém ao seu redor via nenhum problema nisso.

Mas falar com árvores?

Mal Marie-Jeanne tinha aprendido a andar com suas perninhas gorduchas, já conversava regularmente com a oliveira nodosa na casa da avó Aimée. Um dia, a *mazet* seria dela de qualquer forma; até lá, Francis cuidaria de tudo, segundo a lei, mas, enquanto ela fosse criança...

Enfim, quando ele a deixava ali com um jarro de água de poço e uma travessa de louça com *ratatouille* para depois continuar a fazer suas entregas, ela ficava sentada por horas embaixo da árvore, recostada, apoiando-se nas mãos, balançando os pés, e parecia conversar com uma velha amiga.

Surpreendentemente, Marie-Jeanne nunca falava com a oliveira sobre aquela tarde.

Naquela ocasião, foi só depois de muito tempo que soltei meu dedo de seu pequeno punho cerrado. Fiquei completamente confuso, para dizer o mínimo.

— Agora, você pertence a ela — profetizara a oliveira. — E isso vai criar uma quantidade extraordinária de problemas.

— O que você quer dizer com isso?

— Não faço ideia. Mas é assim mesmo. Você pertence a ela. Mas ela não pertence a você. Isso é tudo que sei responder para uma pergunta tão vaga. Você sabe como funciona.

Excelente. Esta oliveira era uma das poucas que restaram no mundo que sabia todas as respostas. Mas só se você fizesse as perguntas certas.

O que é difícil, porque você não sabe o que deveria saber e, portanto, não dá para fazer a única pergunta possível. Percebe o dilema?

Então, continuei perto de Marie-Jeanne. Por um lado, porque eu queria. Por outro lado, porque não pude evitar — ela ainda estava me segurando.

E a menina nem parecia notar!

Afinal, Marie-Jeanne era uma criancinha humana, e o que mais tarde se tornaria um cérebro inteligente e bem instruído era, quando nos conhecemos, apenas algo lento e desordenado.

Pelo visto, Marie-Jeanne conseguiu arquivar os eventos daquele dia de agosto de 1958 em uma parte remota de sua mente. Depois de um tempo, ela adormeceu feliz e, quando acordou, lá estavam a árvore, Francis e o grandioso sentido da vida. Mais tarde, não, isso não foi um problema.

Ela queria saber mil outras coisas da oliveira colossal: "Como era minha mãe quando criança? O que havia aqui antes da casa da mamãe? O que são tripas? Os pássaros têm galhos favoritos? As patas de insetos não te fazem cócegas?"

Mas, sigamos.

5
A arte da diplomacia segundo Francis, o comerciante de velharias

— Deixaram para você uma jarrinha de leite amassada, e você continua feliz.

Foi o que Elsa disse depois de ver Marie-Jeanne abraçada à oliveira na casa da avó, sussurrando e coçando as costas do tronco.

Um iniciado poderia dizer que o coração de Elsa transbordava de amor quando proferia aquele duplo insulto; não importava o quanto Madame Malbec resistisse àquela suave inundação. Mas Francis não era um iniciado e aceitava Elsa como era. Outra Elsa não teria sido sua.

Sim, Francis estava feliz. Com quem mais poderia caminhar pelas colinas sem falar muito, apreciando o perfume do tomilho silvestre que cheirava a limão, luz e sol?

— Prontos? — perguntou ele naquele instante, a trança ainda guardada no bolso.

— Com essa garota nunca estamos prontos — murmurou Elsa.

— Está tudo bem. Trouxe queijo Münster para esta noite e pão fresco; a gente podia assar, com sementes de cominho e... — começou Francis.

— Que horror — retrucou Elsa.

— Nada disso. Você não sabe o que é bom.

— Tem razão. Se eu soubesse, não teria me casado com você, não mesmo.

Francis tirou o boné e o colocou sobre o cabelo curto de Marie-Jeanne. Era tão macio quanto a penugem de uma galinha, pensou ele, e tão frágil quanto. Ele esperava que Elsa parasse de ser tão desagradável. Bem, não com ele, pois já estava acostumado. Às vezes, se sentia como uma almofada de alfinetes. Mas Elsa bem que podia ser menos irritante com a pequena. Ainda que Marie-Jeanne não parecesse notar. Outra coisa estranha: Marie-Jeanne simplesmente não percebia as alfinetadas de Elsa.

— Vamos para Grignan hoje — tentou ele de novo, hesitante. — Vamos fazer uma coleta e levar para...

— Tá, tá — disse Elsa. — Diga isso para o seu lenço xadrez.

— Muito obrigada, *maman*, pelos cabelos lindos — disse Marie-Jeanne e beijou a bochecha de Elsa tão rápido que ela não conseguiu recuar como costumava fazer quando Marie-Jeanne demonstrava seu afeto. Então a menina saltou atrás de Francis, que tentava convencer Louis III com um tapinha na lateral azul antes de dar a partida.

— Meu nome é Elsa — gritou Elsa para Marie-Jeanne —, e eu não sou sua mãe!

Sem se virar, Marie-Jeanne embarcou em Louis III com Tictac. Elsa teria ficado bastante surpresa se soubesse que Marie-Jeanne sorria como uma menina travessa que sabia de um segredo tão incrível que o melhor a fazer era tentar escondê-lo por trás de um sorriso forçado.

Talvez tivesse algo a ver com a pequena faísca que Marie-Jeanne havia notado nos dedos de Elsa.

Elsa esfregou a bochecha vigorosamente, ainda se derretendo toda; não, ela não era a mãe de Marie-Jeanne e teria adorado ser, ah, por que era assim e não diferente, quem a criara dessa forma tão rabugenta?

Eu poderia ter trocado algumas palavras com ela, mas, em primeiro lugar, Elsa não conseguiria me ouvir e, depois, provavelmente teria ficado um pouco irritada se eu tivesse lhe explicado que era o peso diferente dos elementos Ceticismo e Lógica, Amor e Medo, Pragmatismo e Fantasia, que se esforçavam em vão para alcançar um equilíbrio. Elsa Malbec teria me varrido para fora da soleira com sua vassoura de palha esgarçada.

***

Reinava um silêncio agradável no veículo azul, cujo interior era aquecido pelo sol e exalava um cheiro de coisas como couro, metal, óleo, feno, feixes de ervas, a vida com a natureza.

Marie-Jeanne, como Francis, adorava o caminho mais longo para Grignan. Pela D538, via Rousset-les-Vignes, Montbrison e Taulignan, pequenas cidades com gatos vagando preguiçosamente pela rua sinuosa ao redor da igreja, ao longo de vinhas e pomares exuberantes, olivais, campos de lavanda e bosques. Era como se o mundo inteiro repentinamente se abrisse de Venterol atrás de Nyons, que em seu núcleo se juntava entre duas encostas de montanha: tudo ficava amplo e alto, Marie-Jeanne conseguia ver todo o céu e, no espelho retrovisor, as montanhas de sua infância.

Tudo parecia possível, ela só precisava seguir adiante para encontrar seu destino. E, então, em algum ponto após uma curva, o Castelo de Grignan se erguia repentinamente na paisagem.

O rádio murmurava notícias de um mundo distante e acelerado, um que não a afetava ali, naquela parte esquecida da França. O ano de 1968 um dia se tornaria um conceito; de novo, uma daquelas palavras que são menores do que aquilo que tentam descrever.

Francis começou a cantar. O canto das cigarras para invocar o verão, como costumava dizer; cantava no dialeto meio italiano, meio occitano das Baronnies:

> *"Lou souèu mi fai canta*
> *Você me faz cantar com sua luz*
> *O coração de sua beleza deslumbra.*
> *Morte e finitude.*
> *Você é o que eu quero ser.*
> *Nenhum verão acaba.*
> *Lou souèu mi fai canta..."*

***

Marie-Jeanne juntou-se a ele e, na parte de trás do veículo, as coisas maravilhosas chacoalhavam ao ritmo das estradas esburacadas. Tictac exibia as irreverentes orelhas caídas ao vento na janela lateral aberta. O focinho, no qual se misturavam Pinschers, Jack Russell Terriers e algum ancestral desconhecido e atrevido, com muita presunção e pouca humildade, parecia sorrir.

Seguiram por planícies e vales, onde não se informavam distâncias em quilômetros. Elas eram calculadas pelo tempo que se levava para percorrer as sinuosas vias em meio à exuberância do interior.

— *Petitpa?* — disse Marie-Jeanne em dado momento.

— Sim?

— Por que Louis III se chama Louis III?

— Porque é minha terceira caminhonete. Tive a primeira com vinte e dois anos.

— Quantos anos você tem agora?

— Sou tão velho quanto uma oliveira.

— Acredito piamente. Quer saber por quê?

— Não.

— Vou contar mesmo assim. Porque ela também não diz a idade.

— Ah, sim.

— E por que você chama Josephine de Josephine quando a *maman* está presente, e de Fino quando ela não está?

— Você comeu a maquininha dos "porquês" no café da manhã?

— Comi. Ela se disfarçou de brioche com geleia de damasco. Uma delícia. — Marie-Jeanne pensou um pouco, depois voltou a falar: — Acho que você fez vinte e dois anos ontem.

Francis suspirou.

Essa era outra característica de Marie-Jeanne: ela não sabia mentir de forma convincente. Não mesmo. Se continuasse assim, teria grandes problemas.

Mas como ele a ensinaria a mentir de um jeito convincente quando todos desaprovavam essa prática — e continuavam a mentir mesmo assim? Como outros pais conseguiam? Havia mentiras práticas, que não faziam mal a ninguém e até ajudavam.

— Escute, Marie, você não deve mentir.
— Nem enfeitar a verdade um pouco?
— Não. Nunca.
— E por que você diz Josephine quando a *maman* está lá, e Fino quando não está? Não é uma verdade enfeitada?

Francis pensou a respeito.

— Quando compramos Fino, *maman* achou que era uma menina. E como ela odeia não ter razão, Fino, o burro, é Josephine, a burra para ela. Não é uma mentira, isso é... diplomacia. Os diplomatas sabem que cada um tem sua verdade e a respeitam.

— Ah. — Marie-Jeanne coçou Tictac e pensou.

Ufa, pensou Francis. Por um triz. Marie-Jeanne olhou para as vinhas, que logo produziriam as Côtes du Rhône cor-de-ameixa, para os campos de girassóis amarelos, para os olivais verde-prata. Mais abaixo, a distância, a cidade de Grignan, como uma coroa da planície, piscava o roxo dos delicados campos de lavanda em flor.

— Um colírio para os olhos — sussurrou ela, e estendeu a mão pela janela aberta, deixando os dedos brincarem com o vento ameno. — Belos dedinhos — disse ela. Beijou a mão e a pôs para fora de novo.

Ela faz isso com frequência, pensou Francis. Estende a mão direita e parece acariciar o ar suave do verão.

Assim como quando ele a encontrou e ela segurava o ar. Quando o tempo parou e algo aconteceu no espaço que se abriu.

— Então você a ama muito — disse Marie-Jeanne.
— Quem? Josephine? Lógico.

Obviamente, Francis entendeu que Marie-Jeanne se referia a Elsa, e não ao burrico, mas... o que uma criança sabe sobre o amor?

O que Marie-Jeanne sabia sobre o assunto não sabia com a razão, sabia com o coração. Sabia, por exemplo, que o amor é como a sensação no peito ao sentir o cheiro da padaria pouco depois das cinco e meia da manhã. Quando as janelas ficam embaçadas pelo calor incandescente do forno, aquele calor profundo e denso, e as luzes da padaria iluminam o azul-escuro da madrugada.

Uma padaria aberta pela manhã é uma das mais belas vestes da Esperança.

— Não quer saber o que vamos buscar em Grignan? — Francis se apressou em perguntar.

— O verão?

Que bela ideia, pensou Francis. Ele buscaria o verão e o distribuiria por toda parte entre as montanhas, especialmente em Saint-Ferréol--Trente-Pas e Valouse, onde os tapetes de lavanda subiam as encostas como paredões. "*Bonjour*, Madame Bonifat, aqui está, verão para sua lavanda... Sim, ele está chegando um pouco atrasado este ano, dificuldades na entrega, o que se pode fazer se o verão fundou um sindicato..."

— Bíblias — respondeu Francis com orgulho. — Direto da gráfica embaixo do castelo. Para nosso *prêtre* de Saint-Vincent. E para os noivos. Como um dote.

Marie-Jeanne espiou por baixo da pala da boina de Francis, ligeiramente impressionada. Isso porque ela cresceu numa casa onde nem Elsa nem Francis davam muita bola para educação religiosa.

— Bíblia? Não é um bom presente. Todo mundo já conhece a Bíblia — disse ela, por fim. — Por que o *père* não dá a eles um livro que ainda não conhecem? Que tal *Bom dia, tristeza*, daquela escritora que dirige carros velozes descalça?

Francis esforçou-se para reprimir uma risada.

— São muito caros para a maioria das pessoas, os livros. Além disso, você só os lê uma vez, e depois? Livros são... são como mansões em Saint-Tropez.

— Grandes, bonitas e, mesmo assim, terrivelmente solitárias e indesejadas no inverno? — perguntou Marie-Jeanne. Tictac agora estava sentado e ofegava pela janela.

— Muito parecidos. Ficam por aí, são bonitos de se ver, mas só são usados uma vez por ano pelos *parigots* convencidos e... nem todo mundo pode se dar esse luxo. Sei lá. De verdade, não sei de nada disso, entende? Pergunte para *maman*, ela já leu.

— Mas *maman* disse que os livros só causam problemas.

— Provavelmente as pessoas têm mais problemas por não poderem comprar livros.

Francis não tinha nada contra os livros. Sinceramente, não. Apenas contra as palavras que continham. Às vezes, elas eram assim... uns monstros. Sim. Monstrinhos que ele não entendia, mas que o consumiam mesmo assim, e o faziam sentir como se lhe faltasse algo.

Sempre que olhava para as vitrines do livreiro Monsieur Mussigmann, naquele novo tipo de rede de livrarias "Fernand Nathan", na praça das arcadas, ele se sentia burro. Não conhecia as pessoas que escreveram tais coisas e, bem, ninguém queria ouvir sobre a vida que estava perdendo. Por outro lado, parecia haver algo muito importante nessas coisas quadradas de papel e aparência inofensiva. Francis sentia-se excluído dessa realidade e, para seu espanto, isso o feria profundamente.

Afinal de contas, Nyons tinha um escritor próprio, René Barjavel, o filho do padeiro; pelo que Francis ouvira, muitos de seus romances se passavam num futuro estranho e completamente eletrificado, em que as pessoas faziam coisas horríveis com a natureza, filmes podiam ser reproduzidos diretamente em casa, e havia uma máquina mundial que fornecia tudo a todos. Opiniões predefinidas para que não fosse preciso pensar muito, comida produzida artificialmente, uma máquina de cornucópia — até que esta máquina parou, e uma nova sociedade se formou no enclave das Baronnies em torno de Nyons e, com esforço, abriu caminho para o conhecimento de outrora, para um passado que não dependia das máquinas.

Ideias estranhas têm esses escritores, pensou Francis.

6
O Destino é um homenzinho desagradável

Francis olhou para a terra além do para-brisas de Louis III; era um absurdo imaginar que algum dia pudesse acontecer algo que alienasse as pessoas daquelas planícies e montanhas, das rochas e das vinhas, do trabalho manual e do silêncio dos vales perdidos no tempo. Como o filho do padeiro teve tal ideia? O que sabia ele daquilo que os outros nem podiam imaginar, mesmo os que tomavam banho em *pastis*?

Uma coisa era certa: o camarada deixava Francis de mau humor.

Enquanto isso, Marie-Jeanne refletia intensamente. Francis percebeu isso pelo modo como ela tentava enfiar uma mecha fina de cabelo numa orelha para torcê-la. Mas agora seu cabelo estava curto, então não chegava à orelha nem puxando muito.

— Espere um minuto — disse Francis, enfiando a coxa sob o volante para liberar as mãos e, depois de vasculhar um pouco atrás do assento, entregou a ela um pincel macio. Então deu uma cotovelada na janela basculante. (Como todo motorista de 2CV, tinha muitos hematomas no cotovelo esquerdo por tentar segurar aquela janela indisciplinada.)

Marie-Jeanne começou a passar o pincel na orelha esquerda.

— Bem — disse ela —, se os livros são muito caros e cada pessoa só os lê uma vez de qualquer maneira... seria melhor o padre comprar uma centena de livros diferentes, e então todos que se casarem podem trocar seus livros. E você poderia pegar os livros e levá-los no Louis III para o próximo leitor.

Bing!, soou dentro de Francis. Só por um instante, ele quase não ouviu. E, então, para ter certeza de que aquele maldito entregador realmente teria ouvido, o som ficou mais alto dentro dele: *Bing, bing!*

Francis pigarreou.

Ele cuidaria daqueles *bings* mais tarde.

— Vou contar uma coisa que você ainda não sabe — disse ele.

Francis tinha lido pouco, mas as histórias chegavam até ele; essa era a magia do boca a boca.

E, assim, Francis Meurienne contou, enquanto passavam ruidosamente pelos vinhedos com Louis III, também chamado de "o hovercraft" porque conseguia transportar facilmente seiscentos ovos por caminhos estreitos e acidentados sem que nenhum se partisse... enfim, continuando: Francis falou de Philippa de Montmorin. A jovem, que cresceu numa família nobre, decidiu um dia libertar dos Saboias o condado ao redor de Nyons. A cavalo, espada em punho, cavalgou à frente de uma *résistance* de fazendeiros. E eles conseguiram libertar Gap, os baronatos e dioceses dos ocupantes do norte. Depois disso, Philippa chamou a si mesma de "Philis" e foi considerada a Joana d'Arc do Delfinado livre. Era amiga da marquesa Madame de Sévigné, que, no seu tempo, ficou muito conhecida pelas cartas que escrevia — e que, aliás, morava em Grignan com a filha. Aprendeu-se mais sobre a vida dos últimos trezentos anos através de suas 1.500 cartas do que com quaisquer livros engenhosos escritos por homens. Havia também uma biblioteca no castelo de Grignan — com livros que viviam todos juntos.

Marie-Jeanne tinha fechado os olhos e sorria ao ouvir Francis.

Ele não podia saber, mas ela havia escutado o *bing-bing*.

Então ficaram em silêncio enquanto percorriam o interior e, a cada poucos metros, um cheiro diferente invadia o veículo. Alecrim, água de nascente, mato seco, lareira acesa, perfume de flores. Como se a terra se preparasse e se estendesse ainda mais avidamente em direção ao verão que finalmente se aproximava!

Francis se agarrou a seus pensamentos — e àquele *bing* que os desencadeou. Os livros, a vida, a pequena pontada. Pensamentos escritos por pessoas que não conhecíamos, mas que contavam algo que aqueles que conhecíamos certamente não revelariam. Hum.

Esses pensamentos provavelmente eram absurdos, mas de repente surgiam planos; talvez a aguardente Mirabelle do velho Gégé em Les Pilles não tivesse lhe caído bem...

— *Petitpa*. — Marie-Jeanne, muito séria, interrompeu seus pensamentos agitados e se virou para ele com aqueles olhos que conseguiam penetrá-lo tão profundamente. Meu Deus, como Francis adorava aquela palavra estranha e confusa. "Papazinho", ela o chamava desde que tinha começado a falar. — Você teve uma ideia. E ela é boa.

Não era a primeira vez que Francis se perguntava como Marie-Jeanne conseguia fazer com que ele não sentisse medo. Ele se sentia transparente com ela, que parecia capaz de enxergá-lo por dentro; e o que ela encontrava lá não parecia tão ruim quanto ele achava que era. Não mesmo.

Que estranho. E que bonito.

E como se o Destino quisesse lhe dizer um, "Ei! Aqui!", em alto e bom som, Grignan se ergueu da planície, brilhando, um botão dourado na terra de calcário, e aí brotou uma ideia maluca no coletor de velharias Francis Meurienne.

☞ *Uma visão rápida e não muito amigável do trabalho diário do Destino*

Destino: um homenzinho com uma cabeça enorme que se inclina sobre o mapa-múndi dos eventos e, tagarelando consigo mesmo e com mãos ágeis, empurra para cá e para lá o tempo, os eventos, as pessoas, e pensa que isso, por sua vez, impressionaria de alguma forma o Acaso, o Milagre ou a Esperança. Sobre mim, o Amor, ele não exerce nenhum poder especial. Isso talvez seja a coisa mais importante, ou até a única, que você deva saber sobre esse sujeito insatisfeito. Eu só posso agir dentro das minhas possibilidades: dotar as pessoas da capacidade de amar, de ter paciência e de sentir saudade. O que as pessoas fazem com isso é problema delas. Você pode me ignorar, banalizar a saudade, ironizar o desespero, todos esses verbos terminados em -ar, que, assim como as palavras terminadas em "ismo", não levam muito longe.

Pois bem.

Eu posso machucar, eu posso curar; e, sim, houve momentos em que até fui declarado um medicamento, o segredo da eterna juventude. Mas isso já ficou para trás! Maldição. Pela minha ação podem ser derretidas num beijo décadas de sofrimento e espera (algo que enlouquece o Tempo).

Por minha causa, uma alma enterrada viva no casamento errado pode ressuscitar no abraço certo e se livrar da morte prematura em vida, como se aquele adoecimento ao lado da pessoa errada nunca tivesse acontecido. (Muito obrigada, diz a Morte então, mas o tom é de ironia.)

Um oculista das almas se perdeu em mim; posso tornar o míope, tolerante, lúcido; posso dar o empurrãozinho que falta para que percorram o último metro em direção à pessoa certa — a única coisa que não posso fazer é que os casais se conheçam a tempo. Da mesma forma que a Inteligência não pode trazer as pessoas à Razão, assim como o Tédio não pode matar ninguém, por mais que tente.

O Destino, no entanto, pode confundir as pessoas e colocar inúmeros obstáculos no caminho dos amantes.

Então eles se sentam e dizem: Ah! A vida é assim mesmo, uma sucessão de adversidades, testes de coragem, provas de força, e, se por acaso você foi feliz, só se dará conta disso depois.

As pessoas devem se considerar com sorte se nada acontecer, mas quem faz isso?

Ou, algo que o homenzinho também adora: presságios. Mas, claro! A brisa que balança uma cortina naquele exato momento e de forma tão mítica que só posso deduzir que o pensamento que acabou de me ocorrer — vou sair desta casa, abrir uma loja de tapetes — foi perfeito. Ou música! A canção que abre o coração, mesmo numa hora muito ruim, mas... *é essa* canção! E logo a pessoa está correndo em direção ao próximo estalo de dedos do Destino.

Nossa, como ele se diverte com isso, o monstro.

Presságios.

Fazer de conta que uma coisa qualquer tem um grande significado.

7
O brilho das mulheres

Francis ruminou aquela ideia. Foi dormir com ela, levantou-se com ela e a levou em suas entregas. No início de maio de 1968, estava na praça das arcadas e observava as pessoas andando de um lado para o outro entre a *charcuterie* do velho Blanc, o café, a farmácia e a livraria.

Em sua experiência, o tempo às vezes abria portas, outras vezes as fechava. Quando era criança, não havia quitandas, pois cada um tinha o próprio pomar. E, em algum momento, surgiram quitandas e barracas de feira na frente do forte e do velho Château Montauban, que vendiam tomates coração-de-boi, alcachofras, folhas secas de verbena e cerejas, damascos e maçãs do fundo do vale, mas cada vez menos equipamentos de selaria, porque ninguém cavalgava mais ou sequer prendia um cavalo diante da charrete, mas dirigia carros. Por causa disso, as pessoas abriram oficinas e aprenderam a conhecer o ventre dos carros, mas não sabiam mais atrelar um burro sem que este lhes mordesse o nariz. Francis Meurienne pensou muito sobre tais portas.

Enquanto isso: Loulou Raspail, a terceira filha do padeiro dono da *Le Fournil*, na rue Philis de la Charce (não, essa não é a família de padeiros Achard-Barjavel, que deu à luz o escritor com uma queda por distopias de ficção científica. A padaria *Le Fournil* fica mais acima, na direção do forte, atrás da *charcutarie,* cuja deliciosa torta de azeitona era de se comer rezando e agradecendo pela invenção da azeitona *Tanche*. Sim, eu gosto de comer. Qual o problema?), notara que ninguém jamais fizera por ela, Loulou, a terceira filha de cinco, algo tão grandiosamente absurdo quanto Marie-Jeanne havia feito.

Por isso, Loulou decidiu que Marie-Jeanne tinha de ser sua melhor amiga. Desde o "episódio da trança cortada", como Loulou o chamava, as duas passavam a maior parte do tempo juntas, quando não eram recrutadas para algum trabalho. Dupla maravilhosa: uma, Marie, com uma energia constante e calorosa que a fazia sorrir, cheia de admiração pela vida, e a outra, Loulou, cujas flutuações emocionais eram temperadas por um otimismo inabalável. Para Loulou, todo "amanhã" prometia ser lindo. Hoje foi um dia terrível? *Tant pis!* — amanhã vai ser bom de novo. Juntas, exerciam um efeito incrível nas pessoas; o rancoroso se abrandava, o arrogante se humanizava, os melancólicos sorriam.

Como as pessoas são felizes antes de amarem pela primeira vez.

Marie-Jeanne estava tomando café da manhã na casa do padeiro Raspail com as cinco filhas em seu único dia de folga — uma quinta-feira, que também era um dia de folga das aulas — num horário razoável. O padeiro, que pela primeira vez não estava usando o avental listrado de azul e branco sobre o uniforme e tinha cabelos ondulados, colocou uma touca de crochê em cada ovo cozido dourado e macio, e Marie-Jeanne e Loulou ficaram prestando atenção na conversa das filhas mais velhas.

Tinham vozes como o canto dos pássaros pela manhã, pensou Marie-Jeanne. Sisão e tordo.

Às vezes, ela gostaria de ter irmãs, mas não ficava com raiva do Destino, pelo contrário: havia perdido uma trança sem graça e conquistara cinco irmãs com cheiro de baguete fresca e croissants crocantes.

(Bem, muito obrigado, disse o Destino no outro lado do momento.)

Enfim, foi num dia de folga do padeiro que Marie-Jeanne fez uma descoberta. Noëlle, Martine e Madeleine tagarelavam — a escola, um tal de Benoît de Les Pilles, que era "impossível", e alguém chamado Jimi Hendrix apareceram na conversa, nos risos e nas insinuações. Loulou, Marie-Jeanne e a bebê de berço Sylvaine apenas ouviam. A princípio, Marie-Jeanne pensou que fosse uma mancha solar entrando pela janela e percorrendo a longa mesa de madeira brilhante e a touca de ovo do café da manhã.

Do lado de fora, os ruídos matinais da cidade com as fachadas em tons pastel penetravam no apartamento acima da padaria. As rodas das antigas charretes giravam com um rangido sobre o calçamento esburacado. Em Nyons, todas as ruas eram tortuosas. Elsa havia explicado a Marie-Jeanne: "Isso a prepara para a vida. Se você andar apenas em caminhos retos e planos, vai perder o equilíbrio quando a vida a empurrar. E, juro para você: ela vai empurrar." O cheiro do lagar de azeite Autrand, que produzia um azeite aveludado e suave há doze gerações, vinha pairando do rio, e, em algum lugar, um cachorro latia ao som curto e metálico dos sinos de Saint-Vincent.

Enquanto isso, a luz do sol se movia de acordo com os movimentos das filhas mais velhas.

Quando se levantavam, jogavam a cabeça para trás, amassavam bolinhas de pão e as jogavam umas nas outras às escondidas. Em Noëlle Raspail, a mais velha, o brilho do sol se empoleirou no lábio superior; em Martine Raspail, aninhou-se na lateral do pescoço.

Madeleine, Loulou e a pequena Sylvaine não o tinham.

Aquilo brilhava... bem... essa... *luzinha*? Essa centelha?

Parecia a pequena centelha nos dedos de Elsa, pensou Marie-Jeanne. Uma coisa estranha e extremamente empolgante.

Ninguém na mesa prestava atenção naquilo. Os pais discutiam se deveriam ou não entrar em greve no dia 24 de maio. "Eu pergunto, Madame", disse o pai à esposa, "de que adianta os cidadãos de Nyons não comerem pão?" "Monsieur, é uma questão de respeito por um posicionamento." "Mas, Madame", perguntou de novo, "para quem é útil o posicionamento?" "Monsieur, é útil para nossas filhas."

Em seguida, trocaram olhares que Marie-Jeanne entendeu como: "Não na frente das crianças!" Marie-Jeanne não tinha ideia do que se tratava aquela discussão; a revolução estudantil na distante Paris era a combustão de um planeta estranho. Mas ela sabia que Noëlle e Martine apoiavam fervorosamente esse "posicionamento"; provavelmente era uma questão de saber se as meninas poderiam realmente ser forçadas a usar saias na escola ou não, e se todas as mulheres também deveriam ser liberadas dessa regra.

Marie-Jeanne observava, fascinada, enquanto o brilho pulsava de um jeito suave no lábio de Noëlle. Como se respirasse.

Respirando como as estrelas, muito lentamente. Muito sublime.

— Ei, menina! O que você está olhando, hein?

A filha mais velha havia parado de esfarelar o croissant no café com leite.

— Sua boca tem um brilho tão bonito, Noëlle. Como uma estrela que não se pode parar de admirar.

— Ah, você sabe elogiar. — Noëlle revirou os olhos. Ela era mestre naquilo. Então afogou seu croissant dourado e macio no café de novo, e o brilho dançou graciosamente no lábio superior sobre pontas de pés invisíveis enquanto ela mastigava.

Quando o casal Raspail deixou a cozinha, Noëlle se inclinou para Martine.

— *Dire non c'est penser...* Dizer não é pensar! Vamos para a manifestação do dia vinte e quatro? — perguntou ela baixinho. — Benoît irá também. Ai de você se der para trás!

— Papa não vai deixar — respondeu Martine em um sussurro.

— Ele precisa saber?

As coisas iam avançando.

Depois do café da manhã, Marie-Jeanne pediu licença e saiu para passear com Tictac pelas ruas e cruzamentos estreitos, entre as casas coloridas, pelas escadas sinuosas do forte e até o Tour Randonne. Ela olhava disfarçadamente para a boca, para as mãos e para o pescoço das mulheres que vinham em sua direção. Enquanto isso, Tictac lia os jornais dos cães e farejava os cantos mais inacessíveis. Os gatos observavam esse comportamento estranho e pareciam dar de ombros.

Naquela noite, Marie-Jeanne examinou mais de perto os dedos de Elsa. Quer dizer, na medida do possível. O punho pousado ao lado do prato, os dedos que seguravam o guardanapo.

— Suas mãos são como o sol — disse ela para Elsa.

Elsa olhou para Francis com a testa franzida, o que lembrou a Marie-Jeanne as fendas petrificadas das antigas montanhas da mina, no vale de Condorcet.

— Tem razão — comentou Francis —, como o sol na primavera. Bem cedinho. O mais lindo de todos os sóis.

— *Ecco*! O que fiz para merecer esses dois *comici*, hein, *porca miseria* — murmurou Elsa, acrescentando ainda mais daquela dignidade petrificada ao seu esplêndido franzir de testa.

E, então, certa manhã — puff! —, Loulou tinha aparecido na escola com um brilho no cabelo.

8
Uma pergunta ligeiramente estranha e de suprema importância

— O que você tem aí? — perguntou Marie-Jeanne, enquanto entravam na fila de mãos dadas, em frente ao portão da escola.
— Onde?
— No cabelo?
— Tem um bicho? Tira!
— Não. Você também brilha.
— Xampu novo — explicou Loulou, feliz.
— Sem conversinhas, *demoiselles*!
Então, psiu, mais baixinho, e coisa e tal, Loulou disse, de um jeito sussurrado:
— Peraí, por que "também"?
— Como Noëlle e Martine!
— Mas elas não são tão brilhantes.
Risadinhas.
— Claudel e Raspail! Silêncio!
É claro que Marie-Jeanne comprou aquele produto incrível, naquela mesma noite, na "10.000 Artigos", a nova loja de departamentos na praça das arcadas, e o usou para ensaboar a cauda de Josephine, o burro, atrás do celeiro de Francis. Uma, duas vezes. O burrinho corajoso ficou quieto. Mas... nada de brilho.
Ela lavou o próprio cabelo... nada de brilho.
Gritos de Elsa, murmúrios de Francis, por que aquilo, dia de banho nos bichos era sábado, não no meio da semana!

Resumindo, era tudo muito estranho, mas, quem sabe, talvez fosse a tal diplomacia de que Francis falava — que cada um tinha a sua verdade?

O brilho de Loulou também parecia se comportar de maneira estranha quando ela encontrava o filho do prefeito no pátio da escola. Quando as meninas e os meninos se reuniam, sob supervisão, à sombra dos plátanos — após o rigor das aulas, seguidas pela refeição escolar de três pratos (todos em silêncio e sentados eretos).

Luca. Olhos castanhos com o brilho do verão, cabelo preto bagunçado, muito inteligente para acreditar em qualquer coisa advinda de autoridades.

Loulou e Luca: quando estavam um ao lado do outro, se completavam, pelo menos era o que Marie-Jeanne achava. Cabelo muito preto, cabelo cor de brioche, olhos castanhos, olhos verdes, eram como trovões e relâmpagos de uma tempestade que se aproxima.

No entanto, os dois passavam o tempo todo brigando, literalmente. Luca a empurrava, Loulou o beliscava, ele lhe puxava o cabelo (ah, como o brilho cintilava ali!), ela estendia a mão para ele, ele gritava coisas às suas costas, ela lhe jogava objetos; eles competiam por tudo na escola: a maior mesa, quem fazia contas mais depressa, a pior nota, a melhor nota. Era de se pensar que os dois não se suportavam.

Quando Marie-Jeanne perguntou a Loulou se ela gostava de Luca, Loulou lhe deu um tapa e gritou:

— Se fosse o último menino no mundo, eu preferia deixar a humanidade morrer a beijá-lo!

— Ah, tá — zombou Marie-Jeanne.

— Que risadinha estúpida é essa? Não acredita em mim?

— Ah, Loulou — disse Marie-Jeanne, abrindo os braços.

Loulou se lançou no abraço da amiga, chorando lágrimas amargas de raiva, e fungou.

— Eu também não sei por quê. Não sei por que tenho que continuar olhando para ele. Ele é tão estúpido! Eu o odeio! Verdade! Sua bochecha ainda está doendo, Marie?

Marie-Jeanne também não conseguia explicar a primeira questão, só sabia que as mãos de Luca brilhavam quando ele irritava Loulou. Quanto à segunda questão, sobre a bochecha:

— Sim, está dolorida.
— Que obsessão é essa com brilhos?
— Que culpa eu tenho? Não posso evitar que as pessoas brilhem.
— E onde Luca brilha?
— Nas mãos. E, quando ele belisca você, brilham o dobro.
— Acho que você só está inventando isso para me fazer sentir melhor.

Loulou deu um abraço forte em Marie-Jeanne e, no dia seguinte, levou a pequena touca de ovo favorita da amiga.

Incrível, pensou Marie-Jeanne: mesmo falando a verdade, ninguém acredita em você.

Aparentemente, ninguém dava bola para aquele brilho. Então Marie-Jeanne decidiu descobrir sozinha do que se tratava.

Quando ia à feira com Elsa para vender as toalhas de mesa de renda de bilros, leques, véus de noiva e lindos colarinhos, Marie-Jeanne estreitava os olhos e observava.

Durante todo o verão. Enquanto o pai adotivo pensava no trabalho mais incrível da vida, enquanto Elsa fazia renda e praguejava, enquanto os três gatinhos de rua, Miez, Mau e Moo, viravam gatos domésticos, enquanto a França começava a se reinventar, e enquanto Loulou e Luca afundavam um ao outro no rio Aigues. Até que um dia Loulou chorou e Luca ficou tão assustado que, desde então, não ousou mais se aproximar de Loulou, o que emprestou ao rosto da menina um novo traço: uma delicada rigidez na testa.

Agora, Loulou e Luca se encaravam de lados opostos do pátio da escola, desviando o olhar sempre que o outro virava a cabeça.

Se eu fosse uma música, seria uma que só pode ser cantada por duas pessoas. Se a outra ficar em silêncio, fico também.

* * *

Aos poucos, Marie-Jeanne compreendeu que o brilho raramente era visto nas crianças, um pouco mais frequentemente nas crianças mais velhas, como Loulou, e sempre nas muito mais velhas, como Martine e Noëlle, que já podiam se passar por adultas. Do tamanho de uma moeda de vinte centavos. Para muitos, na altura do quarto botão da camisa. E mais cedo nas garotas do que nos garotos.

Enfim, eles nem notavam, e, muitas vezes, o brilho não estava na camisa, mas nos dedos ou na boca ou nos ombros.

Com quem ela deveria falar sobre isso? Loulou afirmava que não via o brilho. Além do mais, Luca não lhe interessava. Aliás, não lhe interessava nem um pouco. Ela dizia isso o tempo todo.

— Como uma coisinha qualquer, Marie, eu só o ignoro.

E Elsa? Bateria em Marie-Jeanne com uma colher de pau atrás das orelhas. Francis resmungaria algo inaudível.

Na verdade, só restava uma pessoa: o digníssimo *prêtre*.

— Boa tarde — cumprimentou Marie-Jeanne, quando o encontrou orando na igreja. (Sendo bem honesto, ele só estava ajoelhado porque os discos intervertebrais tinham se desgastado fazia anos; além disso, nada era melhor que pensar de joelhos: sobre fazer compras, sobre o tempo, sobre uma ou outra falha política na distante Paris, e também era possível fazer a digestão confortavelmente e manter afastados os visitantes que chegavam fora de hora. E era agradável. Sim. De certa forma, ele se sentia bem consigo mesmo e com o mundo.)

— Boa tarde, minha filha — disse o *prêtre*, hesitante.

— O senhor conheceu minha mãe? — perguntou Marie-Jeanne.

— O quê?

— Como assim, o quê? Não deveria ser "quem"?

— ...

— Bem... Tenho uma pergunta ligeiramente estranha e de suprema importância. E não há ninguém com quem eu possa falar sobre ela.

"Ai, meu Deus", pensou o *prêtre*. "Garota inteligente, só vem à igreja para o Natal, maldita educação secular francesa! Bem, vamos ver no que vai dar."

— O que posso fazer por você? — perguntou ele com seriedade.

— Eu gostaria de saber... o que é esse brilho.

— Brilho? Que brilho? Você quer dizer: a luz divina? Ou a iluminação? A auréola?

— Não sei. A luz divina fica nos ombros? Ou na boca? De qualquer maneira, ela nunca está lá embaixo, o que sugere que até poderia ser a luz divina. Mas não acho que seria... Perdão, como se chama mesmo?

Depois de algumas idas e vindas, uma rápida explicação dos acontecimentos do Antigo e do Novo Testamento, interrompida por comentários controversos de Marie-Jeanne ("Mas ela só comeu uma maçã!"), que irritavam cada vez mais o *prêtre*, ele decidiu que não era possível uma menina de quase onze anos ver a luz divina da iluminação em nenhuma circunstância.

Marie-Jeanne fechou os olhos. Ela não conhecia a raiva. E, por trás das pálpebras fechadas, via o rosto desesperado do *prêtre*, irregular e bonito em desespero, pois este era honesto e triste.

Ela abriu os olhos e falou com suavidade; e, como era de se esperar, da forma mais diplomática possível:

— O senhor me ajudou muito.

A propósito, o pequeno brilho do padre ficava no joelho — em ambos! —, e ela nunca o tinha visto nesse lugar. Fervilhava quando, aliviado, ele se ajoelhou de novo e pôde mergulhar em seus processos internos contemplativos. Marie-Jeanne não disse a ele como era lindo, como se agitava maravilhosamente sob os joelhos, pois, o que ele teria achado ao saber que sua auréola tremeluzia ao redor de uma articulação?

Já mencionei que existe amor em dezenas de milhares de formas, e o amor a Deus — ou, melhor, a si mesmo como imagem de um ser divino — é definitivamente uma delas.

9
O segredo mais secreto de uma carta de amor

A revolução passou, veio o verão, as cigarras cantavam, o Pontias soprava e, hora após hora, o ano de 1968 se aproximava de 1969.

Na gráfica em Grignan, Francis ouviu as novidades, depois foi tomar um rosé no Bar du Centre do Luc de Marselha e, na livraria de Monsieur Mussigmann, notou que havia cada vez mais livros e pensou: se as editoras estranhas na estranha Paris publicavam mais e mais livros, isso tinha algum motivo. Os *parigots* sempre pareceram um pouco doidos, mas uma coisa era preciso admitir: tinham visão de futuro.

Ele concluiu: vou passar por esta porta. O que tenho a perder?

(Bem, no momento, nada. O que era melhor do que nada.)

Mas, antes de girar a maçaneta, preferiu sair em busca de mais informações.

Primeiro, com uma senhora muito surpreendente, a quem quase toda semana entregava, em sua *mazet* nas encostas da montanha de Condorcet, um carregamento de papel Sévigné, tinta, canetas, mata-borrão, lápis de carvão e hastes para molduras da *Papeterie R. Begou & E. Pinet*, em Nyons: Madame Colette Brillant.

Sua *mazet* arrumada, a luminosidade dentro dela, sempre parecia um milagre para Francis, só revelado graças à perseverança do potente motor para todo tipo de terreno de Louis.

Pouco depois da Igreja de São Pedro e São Paulo, ele subia pela sinuosa D70 até as curvas íngremes do caminho de cascalho calcário da *rue de vieux village*, à beira de um vinhedo, até a casa de Colette Brillant. Uma janela estava sempre aberta, e a brisa fazia as cortinas balançarem com suavidade.

Uma figueira, um carvalho, um cedro e uma oliveira forneciam sombra diante da casa de Colette, e, atrás da *mazet,* ao longo dos degraus de pedra tortos e gastos, alecrim e sálvia-ananás floresciam, tomilho e cebolinha tremiam ao sabor do vento.

Dali se avistava todo o vale do maciço de Angèle, como a silhueta de uma mulher deitada de lado, em cujos quadris se diz não haver encostas mais leves, mais tranquilas e mais abandonadas nas Baronnies. É possível, mas, acima de tudo, Madame Brillant podia ver o cume branco do Mont Ventoux. Em determinados dias, quando vinha o nevoeiro, as cordilheiras perdiam as cores. Olhava-se para elas como se num sonho. Quando Francis perguntou a Madame Brillant por que havia deixado Montelimar, ela respondeu:

— Eu queria aprender a enxergar de novo.

Colette Brillant era calígrafa e havia redigido documentos para a cidade de Orange. Nada de certificados para eventos esportivos idiotas que humilhavam os jovens ao forçar seus membros flácidos a uma série de exercícios sem sentido; e sim, comendas, parcerias entre cidades, registros nos livros dourados do arquivo municipal, essas coisas.

E era leitora de manuscritos. Além disso, pintava, lia mãos e orelhas ("Meu caro Francis, você tem as orelhas de um conquistador." "Ah, é? Meu pai disse que eu tinha as orelhas do tio dele, mas nunca passou de Chaudebonne."), sabia exatamente qual tipo de pedra pegar das ruínas no topo para quebrar com um martelinho e encontrar um fóssil. E tinha livros por toda parte. Até na cozinha.

Bem, a cozinha era ao mesmo tempo sala de jantar, sala de estar e espaço de trabalho com um tampo de mesa inclinado. Uma escada íngreme de madeira ao lado da lareira levava à água-furtada, onde Francis achava que ficava o quarto e o lavatório.

Às vezes, Madame Brilliant pedia a Francis para cortar a lenha dura e empilhá-la em seu pequeno barracão.

Madame Colette Brillant insistia em ensinar algo a Marie-Jeanne em troca da mão-de-obra de Francis. Bem, às vezes ele era recompensado com um maravilhoso ensopado de batata com azeitonas, alho fresco, azeite e ramos inteiros de alecrim do jardim montanhês, em uma pequena mesa ao ar livre, com grandes velas que tremeluziam em copos largos, acompanhado de vinho, em cujas taças o sol refletia de maneira deslumbrante. Francis não sabia que era possível fazer isso no meio da semana, fora de um feriado, de forma tão... bem, tão festiva.

Mal sabia ele que Colette se obrigava a celebrar a vida solitária para não ficar completamente à mercê daquele vazio. Doía-lhe o pensamento de que nunca mais amaria, então se concentrava em embelezar a vida.

☞ O que Madame Colette Brillant escondia

Colette havia vivido duas décadas com um homem que todas as noites se colocava entre ela e seu livro, no quarto compartilhado. Era desses que não gostava quando uma mulher lia demais e preferia os próprios pensamentos como companhia. Era implacável, um eterno faminto cuja fome de atenção parecia um buraco negro sem fim; você podia lhe dar uma quantidade absurda, mas ele nunca ficava satisfeito. Ao contrário, se tornava perverso.

Ela jogou tudo o que podia goela abaixo do arrivista involuntário (ele provavelmente também não estava feliz consigo mesmo), e quase se jogou no chão, mas ele teria preferido que ela desaparecesse para poder ter o espaço de que precisava: todo o espaço.

Como Colette não lhe fez esse favor e insistia em ter vida própria, ele queimou os livros dela na lareira, às gargalhadas: Dickens, Tchekov, Lindgren, Du Maurier, Nin, Joyce, tudo, simplesmente tudo, e disfarçou, dizendo: "Vê o quanto eu te amo, Colette, não suporto nem seu Miller nem seu Kant como rivais."

Todos rivais.

Eu a amparei nessa época, segurando nas mãos um coração que se recusava a quebrar. Ao meu lado, a Paixão e o Medo. Eles visitaram Colette cedo demais, por isso ela — sim, por paixão, e sim, por medo de que ninguém mais a quisesse, e sim, por um senso de responsabilidade pelo sofrimento daquele Narciso eternamente faminto de amor — dissera sim àquele homem. Ele não era bom para ninguém, nem para si mesmo.

A Paixão e o Medo olharam os livros em chamas, e neles havia um ar de submissão.

E, assim, Colette saiu de Montelimar para descobrir como era erguer a cabeça, viver sozinha com livros e mais ninguém, mesmo que sentisse a ânsia de ser o mundo de alguém, alguém que também assumisse esse mundo, alguém que amasse e se submetesse a tal mundo como fazia a própria Madame. E Madame Colette Brillant era exatamente isso: brilhante.

Madame Brillant, como eu, adorava comer, mas não necessariamente cozinhar. Ela se lembrava com nostalgia de um trabalho de... hum... uns dez anos atrás? Ela havia escrito em caligrafia um cardápio, a pedido de um restaurante em Sanary-sur-Mer. E os pratos haviam ganhado vida em seu olhar interior; eram combinações que contavam uma história terna e íntima daquela terra ao sul, da vida invisível no mar e de quem prepara iguarias com calma e dignidade. Madame Brillant teria adorado experimentar todas. Com alguém que olhasse para ela. Com um parceiro que sorrisse para ela. Com um homem com quem se sentisse segura.

Eu sabia quem era esse homem. Mas, enquanto Colette Brillant preferisse pintar a liberdade em papel artesanal aqui nas montanhas, e esse senhor olhasse para o mar todas as noites e não soubesse se a leve dor que sentia era verdadeira ou apenas o vento noturno, eu não podia fazer nada por ela. Só conseguia observar, aguardar, ter esperança, e isso também é um inferno que não desejo para ninguém.

* * *

Quando Francis ficava ali, os olhos doloridos de tanto olhar as colinas congeladas das montanhas Sigala, Autuche, Ambonne e Angèle, conseguia entender o "querer aprender a enxergar de novo".

Como se dizia entre os sonhadores? De vez em quando, era necessário estender as mãos na direção de estrelas inacessíveis para pelo menos tocar o céu.

Marie-Jeanne adorava acompanhar Francis até a casa de Madame Colette; adorava o som do vento, as abelhas, as batidas secas dos sinos das igrejas de São Pedro e São Paulo de Condorcet, e gostava ainda mais do cemitério da *vieux village*, com suas lápides tombadas, as flores de plástico coloridas que duravam o inverno todo. Francis lhe dizia para assobiar de vez em quando; havia perigo lá em cima, na falésia — do outro lado da colina, a montanha caía abruptamente, como se você tivesse cortado a ponta de um enorme pedaço de queijo. Além disso, javalis vagavam por ali e podiam atropelar, sem culpa, uma garota tão animada.

Agora voltemos à sugestão de Madame de expandir o nível de conhecimento de Marie-Jeanne para além do topo das montanhas. Por exemplo, escrever de forma legível. Colette pediu a Marie-Jeanne que copiasse um poema de um livro cuidadosamente selecionado.

No minuto em que ouvi minha primeira
história de amor, comecei a procurar você.
Não sabia como estava cego.
Os amantes não se encontram
em lugar algum, em momento algum.
Sempre estiveram um dentro do outro.

* * *

— Muito bonito. Quem escreveu isso?

— Rumi. Poucas palavras estão tão enraizadas na beleza da escrita quanto as dele sobre o amor. E não seria um milagre se fossem verdade?

Concentrada, Madame Brillant examinava as tentativas desajeitadas de Marie-Jeanne com a caneta.

— Você ainda escreve com muita indecisão. Veja, você está em cada traço da caligrafia. A escrita, minha menina, é a linguagem da sua personalidade, e a sua ainda está em formação, ainda não se firmou.

— Não vai ser assim para sempre?

— A escrita nunca se mantém igual, ela é um reflexo da vida. Nossa escrita sofre conosco. Os amantes escrevem de um jeito diferente daqueles que não são amados, os enlutados de maneira diferente dos ilesos, os seduzidos de maneira diferente dos sedutores.

— O que são sedutores?

— Pessoas que a levam a fazer o que você quer fazer, mas que você não se permite fazer por motivos inteligentes ou burros. É importante reconhecer a diferença a tempo.

Madame Brillant pegou um de seus ideogramas chineses, o que representava "liberdade".

— A respiração também se reflete na escrita. Veja: o conceito de "liberdade" é uma combinação difícil de dois caracteres; o "eu", representado por um símbolo para respiração, e "grão em germinação", que significa "a própria terra". Isso ajuda a inspirar e expirar profundamente ao tomar uma decisão. Na maioria das vezes, você encontrará a solução mais adequada quando expirar novamente. Não precisa ser a solução certa ou a mais razoável. Mas a sua decisão. Entende a diferença? Você sempre pode escolher fazer algo irracional, porque se trata da sua liberdade.

Marie-Jeanne assentiu com a cabeça. Muito devagar e seriamente.

Francis tinha se aproximado e ficara ouvindo em silêncio. Estranho o que as palavras podem fazer. Será que ele já havia percebido a própria respiração?

Em um dos livros de Colette Brillant sobre a escrita farsi, Marie-Jeanne encontrou algo que a deslumbrou.

— De acordo com uma lenda persa, quem escreve seu nome num pedaço de papel e o dá a outra pessoa, abre mão do fio mais importante da alma. Por meio dele, ela pode ser convocada e conduzida nessa coleira de tinta, devoção e humildade. Até que o dono do nome escrito no papel o devolva, o destrua ou o retire de sua casa.

(Posso confirmar isso. Outro daqueles milagres pelos quais nenhum de nós quer ser responsável.)

— Dizem que você nunca deve escrever seu nome completo numa carta, caso não tenha certeza se realmente deseja pertencer ao destinatário — acrescentou Madame Brillant. — Principalmente nas cartas de amor.

— Vou me lembrar disso — murmurou Marie-Jeanne.

— Você já recebeu uma carta de amor?

— Não!

— E já escreveu uma?

— Também não. Nem sei como. Nem para quem.

— Isso deve tranquilizar muito seus pais.

Uma tosse seguida de outra na soleira da porta.

— Então tudo isso está ... nos livros? — perguntou Francis.

10
Os livros não são para os covardes

Essa coisa de amor e de uma ligação eterna reverberou em Francis. Elsa, pensou ele. Minha Elsa. E a história do papel e do nome. Nunca havia escrito uma carta de amor para Elsa. Não havia dúvida de que ela nunca escreveria uma para ele, mas Francis poderia tentar. Demoraria alguns meses. Ele poderia terminar perto do Natal. Como as pessoas sabiam escrever essas coisas? E o que mais havia nos livros que ele, Francis, o comerciante de velharias da parte mais esquecida da França, não conhecia? Isso o deixou sedento por aprender mais sobre as coisas que tornariam sua vida mais... sim: inteira. Mais completa. E que o ajudariam a tomar decisões mais sensatas — e a tomar as próprias decisões.

Se começasse a ler esses livros, ficaria mais satisfeito?

— Você não gostaria de dar uma olhada no vinhedo, Marie? — perguntou ele.

— De jeito nenhum — respondeu essa criança impertinente, fingindo, com inocência, que não entendia que eles estavam prestes a conversar sobre coisas de adultos.

Francis suspirou.

— Então... esses livros. — Um movimento vago da mão na direção das prateleiras de madeira curvadas suavemente no meio sob o peso dos livros empilhados.

Lessing, Camus, Duras. Adorno, Sagan, ah, veja, Barjavel. Joyce, Eliott, Sand. Miller, du Maurier. Sêneca, Victor Hugo, Colette. E outros nomes impronunciáveis: Maugham. Fitzgerald. Salinger. Huxley. Woolf.

Ele olhou para a filha adotiva novamente. Tossiu.

— Tá bem. — Marie-Jeanne deu uns passinhos para fora, não muito rápido, é claro, para impedir que Tictac perseguisse as lindas galinhas brancas de Madame ao redor do cedro.

— Você está se perguntando se eu li todos eles, Monsieur?

— Suponho que não sejam para decoração.

Madame Colette sorriu.

— Ah, algumas pessoas enfeitam a vida com livros para impressionar outros tolos. Os livros se ofendem quando são confundidos com sinal de superioridade. Os livros são tudo, menos um instrumento de presunção. Ao contrário: eles desafiam nossa *arroganza*.

Francis pensou naquilo. Infelizmente, chegou rápido à conclusão de que também era um tolo. A presumível formação do livreiro Mussigmann, em Nyons, impressionava-o de tal maneira que ficava zonzo. Do cabelo bem-cortado até a sola gasta dos sapatos. As roupas que vestia, o jeito como cumprimentava, desajeitado, as mãos nos bolsos, o olhar perdido fitando aquele papel desconhecido, em cujas profundezas suspeitava haver monstros, verdades surpreendentes e descrições para sentimentos que provavelmente nunca teria.

— Sabe quem me conforta quando me sinto diminuída?

Na medida em que não havia um Monsieur Brillant, Francis disse:

— Seria uma grande surpresa se eu soubesse, Madame.

Madame Colette riu. Puxou rapidamente um livro puído da estante.

— Sêneca. Ele foi conselheiro do imperador romano Calígula. Se foi de alguma utilidade, é questionável. "Mais poderosa que todo o destino é a alma." — Ela folheou o livro. — Veja, uma das minhas passagens favoritas: *Quantos prefeririam ver em desordem a república e não sua cabeleira? Quantos se atormentam mais com a elegância de sua cabeça do que com o seu estado de saúde? Quantos preferem ter o cabelo mais bem penteado a ser honesto?*

— Também conheço pessoas assim — comentou Francis.

— Veja só! Então Sêneca e o senhor não estão tão distantes um do outro.

— Mas... mas os livros são tão grossos. E, às vezes, as frases são tão longas que, no fim, esqueço como começam.

Ela abriu um sorriso maroto.

— Sabe, os livros nos ensinam muito. Inclusive a perseverar. Aqui. — Ela puxou *A montanha mágica*, de Thomas Mann. — Este livro contém frases que parecem durar mais que a vida. Tente prender a respiração enquanto lê uma dessas frases monstruosas. Depois de ler Thomas Mann ou... aqui, *Robinson Crusoé*, o senhor não terá tantas preocupações com as agruras da vida. Então... sobre o que exatamente o senhor queria falar?

Francis ficou aliviado ao compartilhar seus pensamentos sobre o *bing-bing* com Madame Brillant. Baixinho para não estragar a ideia.

Colette ergueu as sobrancelhas — as duas ao mesmo tempo não era um bom sinal! —, então desceu uma primeiro, depois a outra, e, em seguida, os cantos da boca se ergueram.

— A-há! — disse ela. — Seu coração está se rebelando! Isso é bom!

Madame Colette virou-se de uma vez e, com sua mão manchada de tinta, alcançou a prateleira sem errar. Virou as páginas, procurou e, depois, falou por muito e muito tempo, o que tentarei resumir da seguinte forma:

☞ De uma subsequente doutrina dos deuses

Então. Thoth era uma espécie de secretário pessoal e celestial do deus Osíris. Diz a lenda que ele inventou a linguagem; além disso, seu poder repousava na crença de que ele também havia criado a magia. Porque nenhum feitiço funciona sem linguagem (seria possível imaginar uma feiticeira sem um livro de feitiços?). E, uma vez que você tenha entendido isso e murmurado *abracadabra* baixinho, você sabe que essa linguagem, essa literatura, essa poesia! dá vida às coisas. Dá a elas formato e fragrância, forma e conteúdo. Os livros são a origem da criação — não seu resultado acidental.

Pelo menos essa era a visão de Madame Brillant.

— A vida foi inventada porque alguém a descreveu. O amor nasceu quando alguém o cantou. O ser humano surgiu porque alguém pegou na pena e disse: Era uma vez o homem...

— A-há! — exclamou Francis.

Assim, os livros eram a última magia antiga: tornavam visíveis realidades ocultas. Metamorfoseavam seus leitores, transformavam-nos, abriam a porta para uma cabeça diferente, para outro corpo, mesmo que já estivesse morto por séculos. Os leitores exploravam as lembranças de outra pessoa, tinham os sonhos de outra pessoa, caminhavam num corpo que não era o seu, sentiam o que os outros sentiam, necessidade, desespero, paixão, viajavam por países, tempos passados, universos paralelos, sem que um ou outro saísse do lugar, de repente ficavam velhos ou jovens de novo, ou eram de um sexo diferente, de uma cor de pele diferente.

— Hum, hum — concordou Francis.

Telepatia, viagem astral, comunicação com o mundo dos mortos ou, ainda, vida após a morte? Ora. Nada demais. Abra um livro!

Os livros transformam pessoas em viajantes do tempo, metamorfos, trocadores de corpos, leitores de mentes e imortais; os livros são, portanto, a grande e remanescente alquimia do nosso tempo.

Perigosos, perigosos, perigosos.

* * *

— Ah — disse Francis. Ele gostava da ideia... de certa forma.

Madame Brillant sorriu.

— O senhor sabe o que as mulheres da minha idade pensam da vida?

Francis tossiu.

— Não importa, vou lhe dizer. Nestes tempos, uma mulher ou se torna anarquista ou entra para um convento.

— Aqui não parece um convento.

— Exatamente — disse Colette Brillant. — Portanto, sou excepcional por isso, Monsieur Meurienne. É incrível que algo assim ainda não exista aqui. É tão lógico. Quanto mais se pensa no assunto. Na verdade, o senhor também é um anarquista.

— Não sou muito de pensar — comentou Francis, corando.

— Não se preocupe, o que o senhor está prestes a fazer mudará isso. O senhor criará uma grande inquietação por aqui. E como foi que o senhor disse mesmo que gostaria de chamar a sua ideia?

Ele disse de novo, ainda mais baixo.

Quando Marie-Jeanne voltou, com o ofegante Tictac a reboque, muito satisfeito com seu mau comportamento, Madame Brillant e Francis estavam debruçados sobre um pedaço de papel artesanal. Marie não conseguia ver o que Madame Brillant insistia em escrever com diferentes letras, mas, a certa altura, Francis acenou com a cabeça e disse:

— Exatamente assim.

E, então, Marie-Jeanne viu também nela.

Os dedos da mão direita de Madame Brillant brilhavam.

Como se ela tivesse uma pequena lâmpada na ponta dos dedos.

Satisfeita, Madame Brillant dobrou o papel sem que Marie-Jeanne conseguisse ver o que estava escrito.

Mas, o que a calígrafa disse a Francis Meurienne em seguida, Marie nunca esqueceu:

— Francis, meu querido: os livros não são para os covardes.

11
Resultados dos estudos de Marie-Jeanne Claudel sobre a natureza da estranha luz em corpos humanos

— O quê? — repreendeu Elsa.
— Como assim! — gritou Elsa.
— Mas por quê? — questionou Elsa.
— Porque os livros não são para os covardes e eu não quero ser um covarde. Eu quero... bem. Fazer algo que... que mude a cara desse tempo, sabe? Não quero ter só vivido sem mudar nada. Não é uma decisão sensata. Mas é a minha decisão.

Elsa encarou o marido, pensou naquele rosto e no tempo, pensou em suas rugas, pensou na boca de barquinho, pensou no fato de que ele costumava ter uma cabeleira farta, e se perguntou se ela teria sido a responsável pelas mudanças naquele rosto com o passar do tempo, provavelmente não para melhor.

Então entendeu o que ele tinha dito.

Ele queria... ora... muito bem...

Era monstruoso.

Portanto, não falou com ele por duas semanas.

Sim, Francis hipotecaria qualquer coisa, casa, celeiro, terreno. Só não a *mazet* de Marie-Jeanne, pois, se tudo desse errado, a criança ainda teria um teto.

Francis passou a sentir falta dos resmungos e comentários de Elsa, o que o deixou desconfortável, desanimado.

Bem, como suspeitávamos: Elsa tinha ficado sem palavras. Todas aquelas reclamações e caretas. Elsa amava muito Francis por sua ousadia, seu orgulho, sua ideia, mas provavelmente só Marie-Jeanne e eu sabíamos disso — e, felizmente, Marie não poderia dizer por que sabia, nem se a colocassem no fogão a lenha como o pão de alho delicioso que Elsa fazia, que regava com azeite, aquele líquido verde, aveludado, veranil, e no qual esfregava o alho roxo delicado e fresco, depois cortava e decorava com tomate coração-de-boi escuro e temperava com sal marinho... perdão, é que eu aprecio muito a boa comida. Surpreendentemente, a maioria dos grandes amores são alimentados por refeições saborosas desfrutadas em momentos de intimidade.

Pois bem. Marie-Jeanne lia no silêncio de Elsa a admiração pela ousadia do marido e, também, o medo de que ele pudesse se tornar tão importante a ponto de não precisar mais da melancólica esposa.

E mais uma coisa preocupava Elsa: o que ele tinha com esses... livros: deveria ela começar a ler agora? Pelo amor de Deus: mas quando?

Bem, como já notaram: estou meio distraído porque continuo um pouco perturbado pela maneira como Marie-Jeanne começou a ver o mundo invisível no meio do turbilhão causado pela ideia maluca de Francis, mais de dez anos depois de nosso primeiro encontro.

Ela havia visto os dedos de Madame Brillant se iluminarem quando começou a desenhar as letras com cuidado, cheia de entusiasmo pela ideia de Francis. Em seus dedos, eu havia brilhado como os fogos de artifício do 14 de Julho.

Marie-Jeanne vira o brilho nas filhas do jovem padeiro e no padre um tanto rude.

E em Elsa. Pequenas faíscas. Sempre que Elsa punha alguma coisa para o marido comer — ainda com um silêncio punitivo —, brilhava ainda mais.

A propósito, a comida dela a entregou. Elsa assou seu sorriso no *brouillade*, a omelete de *rabasse* com trufas locais. (Sim, Elsa e Tictac eram talentosos descobridores de trufas; Elsa seguia uma certa espécie de mosquito que só pairava sobre ninhos de trufas, e Tictac confirmava, resmungando ou apenas rolando preguiçosamente ao sol, dependendo da situação.) Foi com o orgulho que sentia do marido que Elsa esquentou a frigideira com manteiga salgada na hora de tostar as flores de abobrinha. Sua ternura se misturou no risoto com filés de trutas delicadamente grelhadas e pescadas por Marie-Jeanne. E, nos caminhos sinuosos da magia culinária esquecida neste século sem magia, Francis saboreou tudo, a ternura, o sorriso, o orgulho, e se sentiu calmo, animado e reconfortado.

Para mim, foi doloroso e, ao mesmo tempo, engraçado ver como Elsa se segurava para não se aproximar sorrateiramente de Francis por trás e abraçá-lo com seus braços macios, fortes e quentes. Sem largar mais, tão puro, indefeso, brilhante e terno era o seu amor. Ela partia o próprio coração, e essa é a segunda coisa mais cruel que o Amor tem que enfrentar.

Quando alguém se proíbe de amar.

Ah, Elsa.

Os estudos de Marie-Jeanne sobre a natureza da luz continuaram com a dedicação de uma alma jovem que deseja desvendar a vida. Escreveu quem brilhou onde, quando e como, o que aconteceu para causar o brilho... isso mesmo, o que fez a luz brilhar, e tentou descobrir um sistema por trás de tudo.

Em algumas das mulheres que Marie-Jeanne viu na praça da feira de Nyons, entre as arcadas, o brilho parecia opaco. Abatido. Ela anotou em sua cadernetinha: "Como uma xícara que foi quebrada e remendada várias vezes."

Ela começou a ver as pessoas como eu as via.

Além disso, Marie-Jeanne notou que o cachorro do prefeito, Rosso, iluminava com seu brilho o grande plátano na praça das arcadas. Ela aprendeu com a oliveira que as árvores achavam profundamente irritantes os cães que se entusiasmavam demais com elas, mas não podiam se defender, a menos que fossem um castanheiro.

☞ Resultados dos estudos de Marie-Jeanne Claudel sobre a natureza da estranha luz em corpos humanos

O brilho não fazia distinção entre quem era simpático ou antipático, bonito ou feio, bom ou mau. O que depunha contra a auréola. Estava tão presente no sapateiro asqueroso quanto na adorável Martine Raspail: não ligava para o queixo duplo do prefeito ou para um lábio leporino.

Qualquer pessoa com mais de treze anos o tinha. Também depunha contra qualquer iluminação de conhecimento, porque o brilho não as tornava nem mais inteligentes nem mais benevolentes, pelo contrário.

(Marie-Jeanne achou que valeria a pena pensar mais sobre essa contradição; era possível observar isso em Loulou e Luca. Eles se comportavam de um jeito estúpido quando se encontravam, para dizer o mínimo, e agiam como... como... Marie-Jeanne pensou por muito tempo em uma palavra adequada. Decidiu-se por "idiotas".)

O brilho aparecia em seres humanos e em cães também, o que poderia significar que eles se consideravam pessoas com pelos. Os gatos, não; esses, como todos sabemos, consideram-se deuses.

Porém, os gatos conseguiam fazer com que o brilho fervilhasse em algumas pessoas. Como em Elsa, quando Miez, Mau e Moo subiam em seu colo e ela sorria um pouco como a mulher no museu em Paris, sobre a qual Marie-Jeanne havia lido na aula de arte. Mona Lisa, exatamente, só que um pouco mais bojuda.

O brilho podia inspirar, fervilhar, piscar, rir, sorrir, latejar, expirar, lançar faíscas; na ausência de nomes cientificamente precisos, Marie-Jeanne decidiu batizar esse sintoma geral de "ronronescência". Na maioria das vezes, ele ronronava quando tocado. Para muitos, borbulhava quando faziam algo de que gostavam — por exemplo: com o pai de Loulou, acontecia quando a massa soltava estalidos esquisitos ao ser amassada.

Marie-Jeanne também havia notado que o brilho nunca, mas nunca, sem exceção, aparecia na "base das costas", como Elsa preferia chamar.

* * *

Loulou começou a se preocupar com a sanidade mental de Marie-Jeanne quando a amiga ficava apontando para um lado e para o outro e dizia:

— Olha, sua mãe tem no ombro esquerdo, e seu pai, na boca, e se ele beijasse o ombro da sua mãe...

— Mas ele não faz isso!

— Por que não?

Loulou olhava para ela, perplexa.

— Sei lá.

— Talvez devesse?

— Os pais beijam as mães?

As duas pensaram muito e não chegaram a uma conclusão.

— Madame Chatelet tem na testa. Impossível que ninguém veja!

— Não sei por que você inventa essas coisas — retrucou Loulou, com seriedade —, mas você sabia que Géraldine Chatelet tem um amante secreto?

— O que é isso?

— Sei lá, mas é o que Noëlle diz.

Então, foram ao encontro de Noëlle, que não se intimidou e contou tudo.

Eis o que Noëlle sabia: Madame Géraldine Chatelet, tabeliã pública, nunca havia se casado, morava sozinha, muito raramente aceitava convites, desaparecia no fim de semana em Aix ou Orange ou Arles ou, vejam só, em Marselha! Em seu imponente e belo Citroën DS azul-escuro. Havia mencionado que sabia dançar tango argentino.

Mas, e agora vinha a bomba: Noëlle, que, como as três filhas mais velhas, ajudava na padaria, mas principalmente à noite, contou que Madame costumava comprar baguetes — sempre *tradition* ou *campagnarde* — para duas pessoas. E, na feira de quinta, fazia compras também para dois, embora claramente não tivesse a aparência de alguém que come por dois. Teria ela um amante secreto?

— O que é um amante, então? — perguntou Marie-Jeanne.

— Alguém que ama alguém — respondeu Loulou, imitando o revirar de olhos da irmã mais velha.

Mas a palavra "secreto" deixava Loulou num agradável estado de alerta. Fazer algo secreto era experimentar fontes de prazer e o doce medo da descoberta.

Sem mais delongas, decidiram espionar Madame Chatelet — ou Loulou decidiu. Precisava de algo para se distrair, já que o desagradável Luca não a distraía mais.

Marie-Jeanne se juntou a Loulou porque a amiga estava ansiosa por isso e, quem sabe, talvez ela tivesse finalmente descoberto o brilho também. E porque Marie-Jeanne estava curiosa. O brilho de Madame Chatelet tremulava como se estivesse cansado.

Assim, com a melhor das intenções, quando Madame Chatelet saiu para buscar sua porção dupla de baguete naquela noite, as duas amigas entraram no apartamento de Madame Chatelet e se esconderam no armário do corredor; aquele com as janelinhas com tela de mosquito. Cheirava a lavanda. Dali tinham uma boa visão da sala de estar, com a bela mesa de jantar, poltronas, gramofone e a cozinha aberta. O salão dava para um terraço na cobertura, minúsculo, coberto de madeira e ráfia, bandejas e copos orientais, com um gato arrogante, branco, de cara pontuda que jazia majestosamente sobre as telhas quentes e monitorava os acontecimentos da *rue de Pontias*.

— Meu pé está ficando dormente — disse Loulou.

— Acho que o gato sabe que estamos aqui.

— Ele não vai contar para ela!

— Será?

— Preciso ir ao banheiro.

— Eu também.

Elas seguraram as mãos uma da outra com força. Agora não havia como voltar atrás.

12
As asas transparentes do coração

Um pouco depois, Madame Chatelet chegou.
— Voltei! — disse com um tom de voz jovial.
Ela pôs as baguetes na grande tábua de madeira, que parecia ter servido como bandeja de baguetes para gerações de tabeliães.
— Faça um aperitivo para você, amor, que já chego aí.
— Amor? — repetiu Loulou, sem emoção, no armário. Será que Madame estava falando com o gato branco?
Cantarolando, Madame Chatelet entrou no quarto e reapareceu — completamente transformada. Havia trocado o vestido elegante e um tanto enfadonho de tabeliã por um lindo vestido azul com flores amarelas e vermelhas, que balançava na altura dos joelhos a cada passo. Um pouco depois, ouviu-se o tango.
Bem, devia ser tango, porque Marie-Jeanne nunca tinha escutado nada parecido. *Bandoneón*, violinos, um ritmo incrível.
— Vamos brindar — disse Géraldine, e Marie-Jeanne e Loulou viram que Madame Chatelet segurava duas taças de champanhe altas e finas com as duas mãos, que ela usou para o brinde. Um som tilintante. Ela sorria.
Estava linda e muito triste.
Géraldine, a tabeliã, que até os homens às vezes temiam porque não tolerava nada de errado (isso incluía piadas inapropriadas e alegria inapropriada), pôs a mesa para dois, acendeu velas, conversou com uma companhia imaginária, cozinhou, se serviu de vinho (só para ela) e, no armário, Loulou e Marie-Jeanne seguravam as mãos uma da outra com cada vez mais força.

Aquela talvez não tivesse sido uma boa ideia, no fim das contas; as duas já se sentiam envergonhadas por ver Madame se entregando à sua bela e triste loucura, sem saber que tinha duas testemunhas idiotas.

Então Madame Chatelet leu um livro de uma senhora chamada Simone Weil, e o fez de maneira eloquente e inteligente, e as meninas não entenderam uma palavra.

Em seguida, Madame Chatelet abriu uma agenda.

Folheou. Suspirou.

Bebeu um gole de vinho, virou as páginas — e finalmente leu em voz alta.

> *Às vezes, seu nome ribomba dentro de mim.*
> *Às vezes, apenas sussurra.*
> *Às vezes, silencia*
> *E então*
> *Fico deitada quieta e enfeito a gaiola*
> *Com motivos razoáveis*
> *E contemplo o amor selvagem aprisionado.*
> *A teia de sonhos e recordações.*
> *Visto-me nas viagens*
> *Que fiz em você.*
> *Você é lindo, assim*
> *Distante*
> *E desse jeito vou vivendo e rindo.*
> *O riso que foi pensado para você.*

Lentamente, ela fechou a agenda.

— Faz muito tempo — disse ela para a sala. — Eu amei um homem, e ele me amou. Nunca ficamos juntos. Não trocamos um beijo. Nem um sequer. Motivos razoáveis... Outra família... Honra, lealdade. Promessa.

Ela bebeu.

— Escrevíamos cartas um para o outro. Tantas cartas. Escrever para ele era como beijá-lo, e eu poderia ter lhe escrito mil cartas. Mas a felicidade não deve vir à custa da infelicidade. O que mais eu deveria ter feito? Ele me fez feliz, e eu a ele. Então não tive escolha a não ser me afastar. Antes de machucarmos as pessoas que também o amavam. Que precisavam dele. Eu gostaria de nunca ter sido tão feliz com esse... esse monstro. Então não sentiria tanta falta. Então não teria morrido de desespero tantas vezes me perguntando como seria. A plenitude. Ser completa. A felicidade. Quem me dera nunca ter sido feliz.

Ela sorveu o conteúdo do copo.

— Só em pensamentos ele me amava. Em pensamentos inúteis!

Ela jogou o copo com força na parede.

— Que vida perdida! Que amor desperdiçado! Que crueldade! Amor cruel e sangrento! Ele deveria ter nos deixado em paz! Pessoas que não são livres não deveriam poder amar outras. Nunca deveriam se conhecer. Isso seria justo. Está me ouvindo? Isso, sim, seria justo!

Eu estava ali, ao lado do armário, perto das meninas. De cabeça baixa.

Sim. Deveria ser exatamente assim. E raramente era. O Destino não se preocupava em ser justo.

De repente, o tom do monólogo mudou.

— Sinto tanto a sua falta — disse Madame Chatelet, baixinho. — Gostaria de contar muitas coisas a você. Adoraria viver de novo. Adoraria ir dançar com você, e, se você só assistisse, não teria problema algum. Gostaria de conversar com você. Sobre Weil e Foucault e tudo mais... tudo mais. Mas veja como o tempo me engoliu. Você vai me deixar partir sem nunca ter amado um homem de verdade?

Ela enterrou o rosto nas mãos.

Chorava em silêncio enquanto as luzes das velas tremeluziam sobre a mesa lindamente posta, enquanto a música tocava, enquanto havia dois copos e apenas um fora usado.

— Onde você está? Você existe mesmo para mim?

Madame Chatelet pegou um prato e o jogou no chão.

— Você me traiu! — sussurrou ela, um sussurro baixo e desesperado.
— Quem a traiu? O homem para quem ela não ri mais? — sussurrou Loulou.
— Ou alguém que ela ama e nem conhece? — sussurrou Marie-Jeanne.

Eu poderia ter respondido a elas que Géraldine se referia a mim. Ela se sentia traída por mim. Por fazê-la passar por aqueles dias em que mal conseguia respirar de tão impotente que se sentia. Quando todos os dias e todas as noites eram preenchidos por um nome e um sobrenome inalcançáveis. Não consegui desfazer aquela ligação; tudo o que pude fazer foi tocá-la uma segunda vez, fazer uma nova conexão. E pedir ao Destino com jeitinho, muito humildemente, que fizesse sua parte. Embora eu tivesse vontade de matar o Destino. Como ele já podia ter ligado um dos dois amantes com tanta força a ponto de não haver saída? Nenhuma saída, quando se tratava de uma pessoa honrada, que se recusava a causar profunda dor a sua família em troca da própria felicidade egoísta.

— Marie, mas o que você quer dizer...
— Quem está aí? — perguntou Géraldine Chatelet, completamente transformada e com sua voz de tabeliã.

As meninas tentaram se enfiar mais fundo no armário, o que tragicamente não era possível, a menos que ambas tivessem se transformado em traças.

Não demorou muito para que Géraldine Chatelet as encontrasse; primeiro, baixou os olhos, envergonhada, depois, *zás-trás!*, deu uma bofetada em cada uma delas.

Pegou a vassoura e enxotou as duas para fora do apartamento.

— Não se atrevam a falar sobre isso! — disse muito baixo, muito zangada, muito desesperada, muito suplicante e muito autoritária ao mesmo tempo.

Elas concordaram com um aceno rápido, aliviadas, temerosas, envergonhadas, compassivas e assustadas.

As três sabiam que não comentariam o assunto.

Então as meninas caminharam de mãos dadas por Nyons sem dizer uma palavra. Apertaram as mãos com tanta força que seus dedos começaram a suar.

— Marie? — perguntou Loulou a certa altura. — Ainda dá para ver a vassoura?

Ela se virou e apontou para a base das costas.

Um "não" com a cabeça.

— E se nós também ficarmos como Madame Chatelet?

— Como assim, Lou?

— Ora, essa. Adultas e tristes. E sozinhas. Porque existe alguém que amamos, mas que não nos ama. Ou ama, mas não pode amar. Ou que não vamos encontrar. Nunca. Ou seremos felizes apenas por muito pouco tempo, e nunca mais seremos felizes. Já pensou nisso?

Marie-Jeanne deu de ombros.

— Então jantaremos juntas. Você e eu. A quatro, com os amantes invisíveis. Se ficarmos sozinhas, viveremos juntas. Prometo.

Elas se abraçaram de novo e seguiram adiante, e foi apenas na ponte romana, a Pont Roman, no lagar de azeite, que se separaram.

Enquanto Marie-Jeanne observava Loulou, que corria em direção à padaria, os cinco halos em seus cabelos haviam se transformado em pequenas sombras. Bem opacas. Bem pálidas.

Mas Marie-Jeanne dificilmente poderia pedir a Luca que, por favor, pregasse suas peças desagradáveis na amiga novamente; era isso que sempre deixava Loulou com a cabeça cheia de brilhos.

E foi assim que Loulou cresceu naquela noite de um jeito estranho, pensou Marie-Jeanne. Como se tivesse entendido o que significava o fim da infância e o início de um desespero muito adulto por algo que julgava perdido antes mesmo de tê-lo encontrado. E amanhã? Não, Loulou havia perdido a esperança de um "amanhã" melhor.

Marie-Jeanne perguntou-se por que o amor era tão difícil. Não deveria tornar as coisas mais leves, como se a pessoa fosse inteiramente feita de luz?

13

A biblioteca itinerante de Francis Meurienne

No outono de 1968, seis meses após o *bing-bing* na cabeça de Francis, a *camionnette* Louis III ganhou dois irmãos. Louis IV e Louis V. Eram também dois furgões "Bleuettes", 2CV AZU. E os dois exibiam no exterior azul-celeste de suas portas as letras desenhadas por Madame Colette Brillant:

Biblioteca Itinerante Philis
Empréstimos e literatura sob encomenda

— Ta-daaaaa — disse Francis.
— Nossa — murmurou Elsa.
A "Biblioteca Itinerante Philis — Empréstimos e literatura sob encomenda", em homenagem a Philis e seu amor pela literatura e pela liberdade, faria paradas ao meio-dia nas cidades maiores em seus dias de feira: Nyons na quinta, Buis-les-Baronnies na quarta, Mirabel na sexta, Sauzet no sábado, Taulignan no domingo. E, nas tardes e nos outros dias, iria às aldeias remotas e *fermes*, sítios, para emprestar livros em domicílio e recolher os emprestados.

Francis encaminhava pedidos e compras ao livreiro Monsieur Mussigmann, em Nyons, com quem dividia a comissão. Ele encomendava direto às editoras, com desconto, os exemplares para a biblioteca. Juntos, eles pagavam 6% da taxa de aquisição para a previdência social dos autores.

Quando as pessoas precisavam de livros, mas não podiam pagar por eles, a biblioteca mais próxima ficava em Montelimar, que ninguém visitava — que mal havia em compartilhar todos aqui e pagar apenas uma pequena quantia, um empréstimo?

Pelo menos esse era o plano de Francis.

O Destino tinha planos um pouco mais complicados. Naturalmente. O monstro.

A "biblioteca itinerante" de Francis Meurienne... Pois bem, fazia tempo que não havia nada tão estranho, inédito e surpreendente no vale entre as quatro montanhas, desde o dia em que Olga, a cadela de cinco patas, nasceu. Não poderia ter sido mais estranho se Francis tivesse aberto uma loja de girafas.

Quando Francis conversou com os prefeitos dos municípios, teve de lidar com certa dose de, sim, digamos... relutância rural. Os líderes locais — na maioria do casos, o único padeiro, o único queijeiro ou o único ferreiro, que tinham instalado o balcão da *mairie*, a prefeitura, ao lado da padaria, da vitrine de queijos ou do galpão da ferraria, marcado com a bandeira da França — ficaram desconfiados.

— Escute, Francis, não são esses os livros escolares. E os livros escolares sempre compramos em agosto.

— Esses não são livros didáticos para a escola.

— Não?

— Não. São... livros didáticos para a vida.

Um vasculhar com a ponta dos dedos.

— *O apanhador no campo de centeio*. Ah, faça-me o favor, vamos aprender o que com isso? Não temos centeio aqui.

— Acho que todo mundo aprende algo diferente com os livros.

Avaliação depreciativa de dois homens na melhor idade.

— E quem lê não produz, Francis!

— Quem lê um dia produz novas ideias e está preparado para as mudanças.

— Como aquele garoto do centeio? Olha, só porque uma coisa é nova não quer dizer que seja boa, Francis.

Um sacudir de cabeça, um cruzar de braços, pronto.

Voltava para casa sem ter conseguido nada.

As outras rondas de aquisição nas *fermes* das quatro colinas, Francis as fez com Fino, apelido de Josephine, e encontrou todos os companheiros que passavam o tempo com as cabras, o vento, o queijo e as estações do ano.

Nas primeiras semanas, tentou em vão convencê-los de que os livros não eram perigosos de jeito nenhum para o moral de suas filhas, como todo mundo sempre dizia.

Então, o *velho* mundo.

— Você não quer fazer parte do velho mundo, quer?

Quando um dos idosos continuava a resistir de cara fechada à entrada de livros sob seu teto, seguiam-se exatamente três tipos de diálogos.

O mais frequente:

— Veja bem, meu caro Francis, depois ela lê e fica esperta demais para mim.

— Esperta demais para o quê?

— Sei lá, para tudo, para um homem, para cuidar da casa... Vai retrucar com palavras que nem vou entender, sabe? Aposto que aqueles estudantes malucos lá em Paris, os de maio, todos leem também. Veja o que aconteceu com eles, nada é mais como antes.

— Nem tudo era melhor antigamente.

Silêncio. Leve insistência por parte de Francis:

— Você poderia ler algo e dar o seu relato para ela.

— Acha que tenho tempo para isso?

— Talvez no banheiro?

— Eu leio quadrinhos no banheiro.

— Sei lá, estou com a impressão de que você não é occitano, Bobo. Você sabe, este já foi o berço da cultura, da liberdade, da...

— Jesus Cristo, Francis! Tudo bem, me mostre, mas eu te juro, se as coisas ficarem bagunçadas por aqui, meto bala em você.

O segundo mais frequente:

— Ouça, Francis, você não pode simplesmente jogar uma semente num solo qualquer. Você sabe, livros e minhas meninas... não combinam. Você também não pode plantar um limoeiro na Champs-Élysées.

— Diferentes de um limoeiro, suas meninas podem ir a qualquer lugar com os pés, Maurice.

— Tem isso também! O que vão fazer em outro lugar?

— Talvez sejam felizes?

— Que ideia estranha é essa! Estamos no mundo para ser felizes?

O terceiro mais comum:

— Escute, Francis, e depois quem é que vai lidar com as mulheres insatisfeitas?

— Por que insatisfeitas, Laurent?

— Ora, vão ler tudo e querer tudo, sabe-se lá o quê, carros e mansões em Cannes e todas vão querer ir a Paris... Elas olham ao redor e veem o que está acontecendo aqui! Ou seja, absolutamente nada que apareceria num livro. Hein? Como vou bancar tudo isso?

Francis desenvolveu estratégias. Desconfiava de que os homens estivessem basicamente envergonhados. Quase todos haviam abandonado a escola depois da quinta série, tinham lido até então *O pequeno príncipe,* inevitavelmente algo sobre mitologia grega e as primeiras páginas do *Dictionnaire Larousse*, foram para a escola técnica ou voltaram direto para a fazenda. Só iam ao cinema de muitos em muitos meses. Mesmo a compra de um telefone e depois de uma televisão equivalia a repetir a revolução, só que no seio familiar. A fazenda, Nyons, os caminhos entre os dois e, talvez, trinta, quarenta quilômetros (cerca de uma hora de carro) ao redor: este era o seu mundo. E as regras que se aplicavam a este mundo, pelo menos para eles, eram: honrar os feriados, celebrar casamentos, cuidar de sepulturas. Aceitar punições quando criança sem retrucar, pois os pais as distribuíam regularmente. Desconfiar da instrução, como se ela tornasse a pessoa burra nas principais zonas da cabeça e fizesse com que se esquecesse do valor das coisas realmente importantes. As coisas realmente importantes eram: não ser muito ambicioso, saber em que fase da lua se semeava cada safra, nunca desperdiçar pão, ser capaz de moer grãos de café corretamente, saber o seu lugar, ficar na rua quando o *Tour de France* passasse a toda velocidade, lembrar-se da guerra e de que as coisas são boas como estão e não deveriam ser mudadas.

Todo o restante, inclusive qualquer *departement* próximo, fosse Provence, Ardèche ou Isère, era — mesmo agora, na alvorada dos novos tempos depois de maio de 1968 — difuso, distante. Eram pessoas diferentes, costumes diferentes, quem sabe, talvez até vivessem numa época completamente diferente? O sentimento de pertencimento reinava ali, naquele vale esquecido, pelo qual todos só passavam na N7 quando se queria dar um mergulho no Mediterrâneo, dentro do limite desse minúsculo raio de no máximo uma hora de trajeto. Quarenta minutos. E, então, de repente, os livros queriam invadir este mundo e trazer mil outros mundos com eles? Talvez a nova era, da qual todo mundo tem falado ultimamente (rá, rá) e da qual a juventude inquieta, mesmo aqui no vale esquecido, fala cada vez mais alto?

Eles já resmungavam, os jovens; queriam biquínis e a carteira de motorista e rádios portáteis, queriam chamar os pais de "você" em vez de "senhor" e "senhora", ler a *Lui* e ouvir Jacques Dutronc, dar de presente de Natal para a mãe eletrodomésticos Moulinex porque: "Moulinex liberta a mulher."

— Ah — dizia Francis.

E então os fazendeiros concluíam com: "Veja como o prolongamento do ensino obrigatório desde 1966 tem sobrecarregado o pai trabalhador!"

Cá entre nós: e se pais e avôs não entendessem os livros?

Isto eles não disseram, mas sim: e se a literatura transformasse suas meninas, cuidadosamente criadas para serem filhas decentes, em garotas sobre quem os vizinhos fofocavam? Bem, os vizinhos mais próximos moravam a cinco quilômetros de distância... mas mesmo assim. A reputação espalhava-se na praça da feira, entre as arcadas de Nyons e sob os plátanos. Passava de cocheira em cocheira, entre galinhas vivas, pelo queijo de cabra, por cima dos barris de azeitona, e, no fim das contas, a filha não conseguiria arranjar um marido porque enfiou o casto nariz no livro errado. Ou, pior ainda, a filha diria: Marido? Não, por quê?

E então?!

Ah! E isso causaria problemas, primeiro com a mulher, depois com os *copains,* afinal. A reputação era importante, quanto menor o seu mundo, mais importante, e se Francis não aceitava isso, então ele era...

— Que bobagem — dizia Francis. — Nenhum jovem deixa de querer uma mulher que ele deseja só porque ela lê. Além disso, o risco de ela aceitar um homem imprestável diminui. E tem mais: você não acha estranho que isso tudo não venha à sua cabeça quando pensa na reputação de seus filhos homens?

— Ora essa! Vão dizer que não têm um emprego decente se estão com tempo para ler! E por aí vai!

Esse "E por aí vai!" era obviamente o pior.

O orgulho e o medo dos homens diante dos livros.

Francis sentia o mesmo. Mas os livros... ele estava convencido de que o mundo inteiro estava presente em suas páginas. O mundo inteiro. E ele queria trazê-lo para perto. Sendo muito sincero e pensando bem: acima de tudo, queria trazer o mundo para Marie-Jeanne.

Ou seja, era bom pisar em ovos e continuar seu trabalho, do contrário, no inverno não conseguiria pagar as prestações de sua biblioteca itinerante.

14
Tanto ruído no silêncio

Talvez Vida Lagetto tenha renovado a coragem de Francis. Madame Vida Lagetto, lá em cima no fim do mundo, perto do céu. Em sua ronda de aquisições, Louis IV escalou com esforço o desfiladeiro sinuoso de Trente Pas, mergulhou nos afloramentos rochosos, dobrou à direita em Saint-Ferreol, numa estrada chamada de D186 (mais por cortesia do que por qualquer outra coisa), na direção de Chaudon, até chegar ao cume do Renard, àquele que provavelmente é o hotel mais remoto da região, o La Dolce Vita.

Dali, a paisagem do maciço das Baronnies se descortinava ainda mais que em Condorcet. Abria-se em um leque decorado pelas cadeias de montanhas do Bluye e pelo cume de Saint-Julien, misturados em uma paleta de verdes e cinzas. E atrás de tudo aquilo se erguia a face mais escondida e escarpada do Mont Ventoux, com seu pico branco.

Se existia algo como o fim do mundo, a antiga *bastide* do La Dolce Vita chegava bem perto.

Inicialmente, a solidão e o silêncio das montanhas atraíam alguns hóspedes. Quase sempre exaustos das barulhentas cidades grandes e muito saudosos daquilo que era pitoresco, teatral, sentimental. Comiam bem, dormiam muito, tinham sonhos diferentes, mais intensos, mais sem sentido, mais coloridos, se perdiam nas montanhas e, depois de alguns dias passados na tranquila terra de ninguém, rodeados apenas pelos sons da natureza, voltavam à sua vida apressada e ruidosa. Cambaleando um pouco, confusos. Era difícil suportar o silêncio. Os amantes se refugiavam no Dolce Vita — ou aqueles que se recuperavam de um amor perdido.

E, embora fosse tão bonito, tão silencioso — cada vez havia menos hóspedes.

Talvez porque fosse tão lindo — e tão silencioso.

Francis conhecia a dona do hotel, Vida, por causa das entregas que fazia para o estabelecimento: açúcar, lâmpadas, peça sobressalente para o motor do gerador de sua nascente. O hotel tinha treze quartos, cada um com um terraço, e ninguém era obrigado a falar com ninguém. À noite, às vezes, ouvia-se o choro dos amantes solitários e o suspiro dos amantes que se tornavam um só corpo.

☞ *O coração grande e ansioso de Vida Lagetto*

Vida Lagetto. No coração, cavalos selvagens; no sangue, a sua origem na pequena Villeperdrix; na pele, a liberdade salgada do mar tão distante. Quando criança, nutria uma infinidade de sonhos e ideias sobre o mundo além das colinas de tomilho, mas, mesmo assim, levantava todas as manhãs às quatro e meia para ajudar o pai a pôr a mesa e assar o pão. Só então ia para a escola, e era uma caminhada e tanto, todos aqueles muitos quilômetros de ida a Condorcet e de volta. Fazia a lição de casa depois do *déjeuner* noturno, sempre à mesma mesa do salão do restaurante do hotel — mesa onze, sob o retrato copiado de "Nus", de Antoine Serra, onde costumava se sentar o prefeito de Buis-les-Baronnies, com sua assistente predileta. E, em algum momento, Vida ia à cozinha se juntar à equipe de um homem de chapéu branco e se fazia útil; sempre havia algo para ser feito por mãos jovens e pacientes. Pelas conversas entre o cozinheiro da Córsega e o pai de Nápoles, Vida aprendeu o que os homens procuravam nas mulheres, e soube desde cedo que não tinha tais qualidades.

Não era indiferente nem elegante, não era sedutora e não se considerava atrevida. Era apenas ela mesma.

Vida Lagetto terminou a escola e só viajou em pensamento; ficou onde estava, no hotel do pai. Aprendeu tudo de lá, do porão ao sótão, da recepção às finanças, da decoração ao estoque, do conserto dos geradores à reparação das "freiras e monges", como eram chamadas ali as telhas semicirculares do telhado.

Ela se consolava com o fato de que o mundo ia até ela, não o contrário.

Vida Lagetto observava as pessoas. Aprendeu a ler as camas. Os rostos à luz de velas. As palavras trocadas no banho de champanhe raro e de vinhos acobreados das videiras ao redor do Mont Ventoux. Observava como ficavam inquietos diante do silêncio ao redor, a forma como tudo o que era inaudível calava fundo dentro deles.

Às vezes, à noite, Vida parava diante do espelho. Nas noites de lua cheia, quando a lua estava tão brilhante que o corpo projetava uma sombra. Então estudava seu corpo nu. Pensava que era um desperdício. Que murchava sem nunca ter florescido. Abraçava suas curvas, sua maciez, estremecia, um calafrio interno, pois aquele corpo não se lembrava de outro, ninguém se lembrava da sua pele. Um dia seria como se ela nunca tivesse existido.

Vida também estava um pouco zangada comigo, à sua maneira; ela não era uma pessoa amarga. Só estava triste, e em sua tristeza havia resignação. Não esperava mais. Não buscava mais.

Mal sabia ela que já havia sido encontrada.

Não sabia e, enquanto isso, amava a todos o melhor que podia. Preocupava-se com aqueles que vinham até ela, lhes dava cama, comida, luz suave, era assim que Vida amava.

Vida Lagetto é um daqueles milagres em meio a tempos tumultuados e muitas vezes suspeitos. Envolver as pessoas com um cuidado de quem não conhece as características do outro. Nem seus erros, nem suas maldades, nem suas mentiras. Tinha sido assim antes, quando viu seu pai ser pai para todos os hóspedes.

Não, ele era algo como um grande pai-mãe: paternal e maternal ao mesmo tempo, severo e carinhoso, protetor e autoritário. Às vezes, mais mãe e pai de todo mundo que da própria filha.

Mas mesmo ele não conseguia evitar que os hóspedes ficassem inquietos em algum momento de silêncio. Não bastou construir uma piscina. Montar uma adega. Não bastava que eles estivessem rodeados por dezenas de espécies de pássaros que não conheciam, corujas guinchando à noite, mochos, borboletas e raposas, lavandas e bancos sob a oliveira.

O que seria possível fazer para segurá-los, para fazer com que se aguentassem ali naquela beleza que lhes mostrava o quanto, na maioria dos casos, as pessoas estão afastadas da beleza da vida?

Se continuasse assim, logo haveria apenas um hóspede, o hóspede permanente, Édouard — que era ainda mais silencioso que as montanhas; ela realmente não sabia o que ele buscava ali —, e precisaria fechar o hotel e abandonar seu pequeno mundo.

E então?

Vida estava assustada, ela nunca havia tentado sair de seu ninho cravado na encosta daquela montanha.

* * *

Então, um dia, Francis Meurienne subiu com esforço a montanha, tirou do veículo a encomenda de Vida — várias latas de azeite — e presenteou-a com sua biblioteca itinerante, recém-desembrulhada do papel de presente das ideias.

O bibliotecário itinerante e nada instruído havia preparado um pequeno discurso para Vida Lagetto e esperava não gaguejar feito um idiota.

— Em princípio, os livros são como paisagens — começou ele —, não aprendemos nada com uma paisagem, mas olhamos para ela e, ao olhar para ela, nos encontramos e...

— Pare! — pediu ela.
— *Pardon?*
Vida fechou os olhos. Apertou entre os dedos a ponte do nariz. Balançou a cabeça.
— Como eu pude ser tão...? — murmurou ela.
Francis temeu o pior.
— O senhor não precisa me vender livros como vende melões de Carpentras.
— Não?
— Não. Só precisa me explicar uma coisa.
— Pois não? — perguntou Francis com cautela.
— Por que só pensou nisso agora, Monsieur?
E, então, seu esplendor. Esplendor, nascer do sol, pôr do sol, todos juntos.
— A ideia não me ocorreu antes. Erro meu, Madame.
— Isso muda tudo, sabe? — comentou Vida. Entusiasmo na voz. — Acho que o senhor acabou de salvar meu hotel. Acho que vai salvar todos nós com isso. Acho que...
— Não creio. Quase todos os pais de família são... bem... tímidos no que diz respeito à sua relação com os livros.
— Por que conversa com homens sobre livros?
— Ah — disse Francis.
E depois de um tempo:
— Ah, sim.
Ele olhou para Marie-Jeanne, que observava Vida com atenção e a cabeça inclinada.
— Fale com as mulheres, Monsieur Meurienne. As mulheres têm menos medo de mudanças.
Havia uma avalanche de conhecimento em Vida. Minha nossa! Por que ela não tinha descoberto como curar o sofrimento inexplicável de seus convidados?
Claro! Livros! Ela fizera o mesmo quando jovem. Tinha sonhado em fugir à noite, para outros lugares, tinha sofrido com Jane Eyre

nos arredores de Rochester, no ano anterior tinha lido *Cem anos de solidão* e estava feliz por viver no agora.

Livros.

As pessoas podem se esconder em suas páginas. Escapar de sua voz interior — como Francis dissera de forma tão fofa e desajeitada: como uma paisagem. Sim. Livros eram lugares. Locais de fuga. Lugares de paz.

E, com isso em mente, Vida selecionou a primeira dúzia de livros, incluindo *Jane Eyre, Grandes esperanças, Metamorfoses*. Pediu a Francis que fosse ao terraço, serviu-lhe um café forte com leite quente e, meia hora depois, entregou-lhe uma lista de perguntas que ele deveria apresentar ao livreiro em Nyons para sua consideração.

Ela procurava:

+ livros para pessoas que sofreram uma desilusão amorosa;
+ livros para pessoas que estão fugindo da família;
+ livros para pessoas que questionam se estão indo pelo caminho certo na vida;
+ livros para ler quando uma despedida for iminente;
+ livros para pessoas que têm muito, mas continuam insatisfeitas;
+ então, por favor, livros para pessoas que sofrem com a falta de palavras justamente quando deveriam ter o coração na ponta da língua.

Francis olhou a lista, analisou item por item e perguntou:

— E a senhora acha que o livreiro entende disso?

— Se for um bom livreiro, como ouvi dizer, saberá exatamente do que estou falando — disse Vida. — Caso contrário, ele deveria ir para o inferno.

E Francis achou que também gostaria de poder falar sobre livros dessa forma. Mas quantos ele teria que ler para isso? Mil? De quanto tempo precisaria — cem anos, aproximadamente?

— Vamos — disse Vida a Marie-Jeanne. — Podemos escolher um bom lugar para a nova biblioteca do Dolce Vita.

Marie-Jeanne seguiu Vida e olhou para o brilho da mulher. As luzes de Vida cintilavam no pescoço, ali, à esquerda, no ponto macio e lindo entre os ombros e o pescoço, mas sua luz também estava opaca, não confiava mais no próprio brilho.

15
Procura-se pessoa com conhecimento da região

Daí em diante, em primeiro lugar, Francis pedia para falar com a dona da casa antes. Em segundo lugar, ajudava os homens em suas ocupações nos seus pedaços de terra e sussurrava para eles quando estavam a sós:

— Elas não vão respeitar vocês se tiverem medo de livros, Laurent, Maurice, Bobo. E pegar um livro emprestado é muito mais barato do que comprar um rádio portátil.

— Jura? E quanto é?

O valor do empréstimo era cinquenta centavos, um pouco menos que uma baguete. Qualquer pessoa que pegasse dez livros emprestados recebia o décimo primeiro de graça.

E a mulher de cada um deles já havia escolhido alguns e estava de muito bom humor.

— De bom humor? Ah, é? Por que não disse isso logo?

Em terceiro lugar, levava consigo um Marcel Pagnol para os velhos rebeldes. Pois onde não eram escassas as *L'eau des collines*, as águas das colinas? Além do mais, Pagnol era um deles.

Em quarto lugar: depois de pensar bem no assunto, Marie-Jeanne havia pedido a Francis que deixasse que ela mesma conversasse com as crianças.

— E por que você acha que os pais vão permitir isso?

— *Petitpa*, porque somos osso duro de roer.

— Como assim?

E lá ia ela saltitando alegremente até as crianças pequenas e até as não tão pequenas; contava-lhes sobre escritoras descalças (Françoise Sagan), sobre textos mágicos de amor, sobre tocas secretas de hobbits em terras remotas e invisíveis (Tolkien); contava que as meninas podiam usar calças (*Os cinco famosos no caso,* de Enid Blyton) e que havia livros sobre como falar com fantasmas, criar minhocas e sobre como funciona realmente o Natal (Charles Dickens). Como resultado, os filhos dos fazendeiros das montanhas se tornavam ossos duros de roer.

E, de repente, o plano funcionava.

Marie-Jeanne olhava para os ferozes texugos e ursos da montanha assustados, e Francis podia ver que algo se suavizava e se tornava mais límpido naqueles olhos orgulhosos e amedrontados, e então Marie-Jeanne meneava a cabeça, de leve, e um pouco depois parecia que os velhos passavam a respirar melhor.

Eles resmungavam: "Bem, podemos tentar."

Às vezes, Marie-Jeanne dizia outra coisa, geralmente algo estranho como: "Sua esposa tem cotovelos muito bonitos" ou "Você penteia o cabelo da sua esposa de vez em quando?" Mas, quando Francis perguntava por que fazia aquilo, ela apenas balançava a cabeça e respondia:

— É um segredo dos mais secretos.

— Ah — dizia Francis.

☞ *Os segredos mais secretos incluíam*

+ Os lugares que Marie-Jeanne já vira brilhar nas pessoas: boca, mãos, ombros, cotovelos, bochechas, pescoço e, em alguns casos raros, lóbulos das orelhas, ponta do nariz, joelhos, dedos dos pés.
+ Desde que Loulou e Luca passaram a se ignorar, seus brilhos tinham soluços e pareciam adoentados.
+ Que Marie-Jeanne, assim como Maurice, o queijeiro, lia quadrinhos no banheiro.

+ Que Marie-Jeanne via os livros como um mar no qual nadaria. Ela começou com um, passou para o próximo, o que estava mais ao alcance do braço esticado, e assim continuou, todas as noites, levantando-se cada vez mais cedo pela manhã. Seu plano era, no fim da vida, poder olhar para trás, para o longo e aventureiro caminho que havia percorrido através dos tempos, corações, conhecimentos, mundos e sentimentos. E isso deveria tornar a morte mais fácil para ela. Por precaução, fez uma lista de autores que gostaria de conhecer do outro lado, e a lista já estava bem longa. Será que uma única morte seria suficiente para conhecer todos e perguntar a todos sobre o ofício da escrita?
+ Que nenhum dos livros fazia menção à estranha luz em corpos humanos.
+ E que, às vezes, quando ela erguia os olhos de um livro, tinha a sensação de que já havia aprendido muito sobre as pessoas; mas então pensava em Luca e Loulou, e em todos os outros, e era como se estivesse olhando através de uma pequena fenda de conhecimento para uma vasta paisagem enevoada lá fora, para além dos livros. Havia tanta coisa que ela não sabia.
+ Que ainda pensava em Madame Chatelet e em sua infinita tristeza, guardada em seu íntimo, um animal ferido em uma floresta escura. E em Madame Brillant. E em Vida. Em todas faltava alguma coisa. E aquela ausência doía em Marie-Jeanne em um lugar que nunca havia lhe doído antes: o coração. E mantinha isso em segredo, pois não entendia o porquê.

* * *

Em quinto lugar: Francis procurava de novo todos os prefeitos, que saíam um tanto contrariados de trás de seus balcões de padeiro, de queijeiro e de ferreiro, suspirando e se perguntando o que o cara engraçado em sua estranha caminhonete de livros queria.

— Posso fazer mais uma pergunta? — Francis começava.
— Pois não?
— O que mais o incomoda quando pensa nos jovens?
— Ora! Isso é fácil. Eles começam as coisas e não terminam. Mas aqui, nessa região, é preciso perseverar.

Então Francis apresentava para eles um livro de Thomas Mann ou o *Robinson Crusoé*, de Defoe.

— Este aqui — dizia ele —, este aqui tem frases longas. Tão longas que no meio você se pergunta se alguns anos se passaram e como conseguiu sair vivo dali.
— E daí?
— Quando se começa e se persevera é que se descobre do que se é feito.

Então pegava os livros do balcão polvilhado de farinha ou da mesa pegajosa de graxa para couro.

— Mas acho que você não vai conseguir ler, de qualquer maneira. Nenhum de vocês aqui. Nem seus filhos. Não são perseverantes. Como já disse.

Olhos estreitados, a mão imperiosa sobre a capa do livro.
— Ora? Você acha?
— Acho. Vamos apostar?
— Com certeza.
— Ah, e por falar nisso: *O apanhador no campo de centeio* explica exatamente o que seus meninos estão fazendo no palheiro. Nem precisam contar. Está tudo aqui.

Bang, Salinger aterrissava na vitrine de queijo; desta vez, Francis havia consultado Madame Colette Brillant e tomado nota do que era possível aprender com esses "livros didáticos para a vida".

— E aqui, *O sol é para todos*: como lidar com pessoas que ainda tratam seus parentes italianos com ar de superioridade.

Pá, Harper Lee.

E Crusoé, Salinger e Lee ficavam na aldeia e só voltavam várias semanas depois, depois de terem passado pelas mãos dos jovens, acompanhados de uma pergunta rosnada: será que Francis poderia aparecer de vez em quando? Tinham feito uma aposta para ver quem conseguia ler os volumes mais grossos e ser o primeiro a entender o que se aprende com um livro.

Não tenho ideia do porquê. Maldita juventude, a pior coisa nela é que todos já fomos jovens, e eles não acreditam nisso. Mas os prefeitos, *rá*, eles mostrariam aos pirralhos quem tinha energia ali. Não pensariam que os adultos eram burros.

— Me dê seu livro mais grosso.

Com prazer, *Guerra e paz*, 2.228 páginas.

— Que título magnífico. Sobre o que é?

— Está escrito aí.

— Vou levar.

— Você nunca vai conseguir.

— Quer apostar, Francis?

— Ah, melhor não, você é um homem cheio de habilidades inimagináveis.

Sorriso triunfante de um lado, Francis rindo baixinho do outro, e as moedas trocavam de mãos.

E, em sexto lugar, Francis botou o seguinte anúncio no jornal:

Procura-se pessoa com carteira de motorista, conhecimento da região e horário flexível para biblioteca itinerante.

Exatamente uma pessoa respondeu.

Não, não foi a tabeliã ocasional Géraldine Chatelet, que atendia plenamente aos três requisitos, mas por que deixaria de lado sua vida assim tão radicalmente?

Aliás, na noite seguinte ao episódio com as meninas, Madame Chatelet ficou se repreendendo.

Olhou para si mesma do ponto de vista das meninas no armário e não gostou do que viu.

— Virei uma covarde — pensou ela —, que se levanta de manhã, acende o fogão, coloca a chaleira no fogo, faz a cama e se certifica de que não haja um grão de poeira onde quer que seja; que toma cuidado para nunca sair despenteada e que sempre está de calcinhas limpas (imagine se houvesse um acidente — se ela sofresse um derrame na frente do Bar du Centre, ou se um carro a atropelasse, ou se uma parte de um avião caísse do céu e a matasse — e ela não estivesse na ambulância com uma calcinha limpa? *Mon Dieu!*). Uma covarde que mantém a compostura, a máscara, a cara boa e coisa e tal, em guerra consigo mesma. E que só tem coragem de viver na segurança da sua imaginação.

Ela abriu um livro ao acaso; era de Jean-Paul Sartre, *Entre quatro paredes*. Encontrou a frase tantas vezes citada, tantas vezes mal interpretada: *O inferno são os outros*. Arremessou o livro da mesa.

— Mentir para si mesmo: esse é o verdadeiro inferno.

Como assim, Géraldine se perguntou, como assim ela havia perdido aquela sensação: "...e o mundo inteiro à minha frente?" Ela havia olhado petrificada para a felicidade que sentira no passado, esperando esquecê-la. Esquecer para poder levar a vida sem uma felicidade domesticada. Lançar-se no trabalho para esquecer. Lançar-se no tango para encontrar paz nos braços de estranhos por três canções, em uma *tanda*, mas nunca — jamais — se acostumar com um homem. Cair do céu novamente... a isso, pensou Géraldine, ela não sobreviveria uma segunda vez.

E agora?

Agora, Géraldine achava que tinha sido covarde. Covarde para o amor.

E não: ela não poderia mudar isso em apenas uma noite.

☞ Como mudar a vida

Há um boato a ser levado a sério que diz que, do momento em que surge um questionamento a respeito de uma mudança de vida ("Devo mudar minha vida ou apenas continuar chorando?") até a entrada nessa vida modificada ("Sim! E parece que foi tudo tão de repente"), se passam em média sete anos.

Muito bem. Esses sete anos se passaram para outra pessoa, como veremos a seguir.

16

Às barricadas!

Quando Valérie Montesquieu, 63 anos, entrou em seu Citroën 2CV vermelho para se candidatar ao cargo de segunda bibliotecária itinerante, havia passado sete anos sozinha em sua casa, num recanto isolado.

Seu jardim na encosta do Lance era de uma beleza selvagem, e Valérie havia se tornado invisível para o mundo. Não precisava de luz nenhuma em noite alguma. Nos últimos sete anos andara todas as noites pela casa no escuro; conhecia cada canto, cada maçaneta, cada tábua do piso.

Andava e vivia sem som, até sua respiração não tinha cor. Vivia em silêncio, pois falava sem parar na sua cabeça, incessantemente; com a voz que perdeu, recapitulava todas as conversas, cada palavra dita em mais de quarenta anos.

Valérie passou seu cetro para o jardim; ela pensava no jardim como uma jardineira, dava a ele a liberdade de se destruir à vontade, de se reconstruir, de criar grutas entrelaçadas de clareiras e arbustos de oleandros e de se perder nas folhagens. A jardineira criava verões e semeava borboletas, caminhos de areia nos quais os pardais se amontoavam nos dias quentes, no inverno sentia o gosto do vento e a cada primavera se esquecia mais uma vez de quem fora um dia.

Elas se davam bem, Valérie e a jardineira. A biblioteca de Valérie era semelhante. Estruturada como o voo de uma borboleta, aleatório, irregular, parando aqui e ali, às vezes ofuscada pela cor e pela forma e desiludida pelo conteúdo, mas sempre faminta. Sua biblioteca era como a jardineira, também ela se opunha à falta de liberdade, e, em todos os lugares, árvores de livros brotavam das sombras e cresciam pelas cortinas e poltronas.

Valérie não queria ver a si mesma. Não sem a pessoa com quem ela havia vivido. Não funcionava.

No escuro, as sombras podiam ser aquela pessoa, mas não sob a luz.

Valérie vivia através dos livros. Quando menina, roubava centenas de palitos de fósforo da escrivaninha do pai e os escondia numa caixa de cigarrilhas resgatada às escondidas da cesta de lixo do pai. Por dentro, a caixa cheirava a baunilha e, por fora, tinha o cheiro dele, de sua mão, sua loção pós-barba, do couro da sela que havia tocado e na qual trabalhara durante todo o dia; do seu calor, um cheiro no qual ela se embrenhava, um suéter de inverno que usava. Nunca pegava caixinhas inteiras, apenas dois palitos aqui, cinco ali. Valérie sempre trazia um punhado nos bolsos, não dizia à mãe o motivo de não querer usar só saia, como todas as outras meninas, mas calça também — usando-a sob a saia da escola. Ela não teria entendido o motivo, Valérie sabia disso. Tinha menos certeza quanto ao pai.

Ela colocava os palitos de fósforo entre as páginas dos livros. Para que estes não se fechassem, a capa não os pressionasse, prendendo irremediavelmente os personagens, para todo o sempre congelados e exilados no castelo encantado de palavras suspenso no tempo, sofrendo a mesma história, a mesma morte, o mesmo amor, o mesmo dia, várias e várias vezes.

Deveria haver pelo menos uma pequena rota de escape para o caso de um eventual desejo de fuga dos personagens.

Valérie cresceu, dirigiu uma biblioteca de vilarejo em Gap, conheceu a pessoa que se tornou seu mundo. E, há sete anos, esse seu grande amor morreu.

Então chegou aquela noite em que ela quis se apagar, usando um abridor de cartas. Sentou-se à escrivaninha minúscula no canto mais escuro da sala, afiando a lâmina. Nada aconteceu, o que, a essa altura, não é nenhuma surpresa.

Surpreendentemente, naquela mesma noite, alguém invadiu sua casa; um jovem — ele entrou pela janela e aparentemente interpretou mal o silêncio e a escuridão da casa com o jardim selvagem.

Era um ladrão inexperiente, e eles começaram a conversar depois que ele tropeçou primeiro em pilhas de livros e em seguida numa poltrona no escuro.

— *Pardon* — disse Valérie. — Não estava preparada para receber visita. A propósito, você está sentado em cima de *Madame Bovary*.

O rosto do gatuno estava nas sombras, assim como o dela; o luar iluminava apenas o peitoril da janela e parte das tábuas do piso, as mãos dela e as dele, os joelhos dele em calças de trabalho e os dela sob a saia-calça com bolsos cheios de fósforos.

— O quê? Em cima de Madame...? — perguntou a bela voz jovem no escuro.

— Emma Bovary. Casada, negligenciada, trai, não se sente mais feliz, se mata. Um clássico da literatura francesa destinado a educar mulheres na submissão. Você está sentado em cima dela.

— Ah — ele voltou a falar —, *pardon*. — E puxou Flaubert de baixo do traseiro, sem saber o que fazer com ele.

— Se ainda não o conhece, por favor, leve com você.

— Não tenho o costume de ler.

— E o que faz para se conhecer melhor? Invade casas de mulheres?

Nenhuma resposta. Então, baixinho:

— A senhora vai chamar a *gendarmerie*?

— É o que quer?

— Se eu puder evitar... melhor, não. Prefiro ler *Madame Bovary*.

— Sim — disse Valérie. — Sim, acho que tudo bem. Na verdade, acho que prefiro que comece já. Isso ajuda. Com tudo.

— Sério? Com tudo?

Minha nossa. Os ladrões não são mais como antigamente, pensou Valérie. *Será que alguém ainda é como era antigamente?*

E então continuaram a conversar, com cautela, testando o terreno, a noite toda. A noite toda, a mulher não tão jovem e o rapaz ainda tão jovem, que talvez se chamasse Antoine ou Georges ou Tiago, ela não perguntou.

E, ao fim da noite, se separaram — como sobreviventes, ele falou de uma garota que nem se dava conta da sua existência, e Valérie disse que ele deveria lhe dar um livro, mas não necessariamente *Madame Bovary*. Ela falou sobre a morte, que às vezes achava que devia ser mesmo uma mulher, e ele disse que talvez a vida também fosse um livro, e, se a pessoa se mata, perde o verdadeiro final.

E os dois decidiram ser menos covardes, e esse foi o dia em que Valérie saiu pela primeira vez, comprou um jornal para saber em que maldito ano estava, leu o anúncio de Francis, respondeu a ele e, pois bem, lá estava ela.

Depois de sair do carro, ela abriu uma delicada sombrinha de renda branca e caminhou em direção à casa com passos não menos delicados.

Francis a levou até o pequeno terraço de pedra, para que se sentassem protegidos do sol pelo toldo de ráfia. Ela pediu um pouco de água fresca com xarope de framboesa. Marie-Jeanne pediu para ficar e ouvir a conversa.

Havia algo em Valérie: sua aparência fazia com que todos se comportassem da forma mais educada e polida possível.

— Madame Montesquieu, posso perguntar por que está interessada neste trabalho um tanto extenuante?

Valérie ergueu os olhos para Francis, e tudo nela parecia tão delicado e em miniatura como uma boneca de porcelana cheia de curvas maravilhosas.

— Liberdade — respondeu ela, simplesmente.

— Bem — disse Francis —, a liberdade tem, hum, limites, as horas são baseadas nos dias de feira e...

Valérie o interrompeu, levantando a pequena sombrinha, que havia fechado.

— Liberdade, meu caro jovem — o que Francis aparentemente era, do ponto de vista de Valérie —, a liberdade de espírito é o único bem pelo qual vale a pena lutar todos os dias, nem que seja com uma limitação de tempo. Porque é isso o que faremos aqui. Ganharemos a liberdade.

— Sim, é o que eu também diria. Bem, eventualmente, depois de refletir muito sobre o assunto — comentou Francis.

— Porque a liberdade... — *pá*, ela apontou a sombrinha para Marie-Jeanne. — A liberdade começa onde você primeiro ultrapassa as fronteiras. E onde ficam essas fronteiras?

Marie-Jeanne desatou a pensar.

— Não sou muito boa em geografia — respondeu ela.

— Na cabeça. Na cabeça! As fronteiras do conhecimento, da educação, das convenções socialmente construídas. O medo, as regras criadas por você mesma, e assim por diante. E nada, repito, nada nem ninguém é um cúmplice mais discreto e mais incorruptível do que a literatura.

Valérie levantou-se durante o discurso, a cabeça um pouco mais erguida do que quando sentada.

Mas era evidente: para Madame Valérie Penelope Montesquieu, a biblioteca itinerante seria a próxima Revolução Francesa, e ela queria desesperadamente estar no fronte, nas barricadas, com sua sombrinha pontuda.

Ela sorriu. E foi como se seu rosto ficasse absolutamente pasmo por ainda se lembrar dessa sensação: de ser feliz.

— E, além disso, preciso desesperadamente de algo para fazer, ou minha cabeça vai enlouquecer e minha poupança vai se dissolver como sabão na água.

— Pois então — disse Francis. — Está contratada.

Depois de terem jogado "pedra, papel e tesoura" sob a auditoria de Marie-Jeanne, Madame Montesquieu levou Louis IV pela rota da Drôme, enquanto Francis seguiu com Louis V pela rota de Vaucluse, e Louis III descansou.

Ao debater sobre quais livros incluir no acervo, Francis basicamente repetiu o que Vida lhe tinha dito:

— Livros para pessoas que sofreram uma desilusão amorosa; livros para pessoas que estão fugindo da família; livros para pessoas que questionam se estão indo pelo caminho certo na vida; livros para ler quando uma despedida for iminente; livros para pessoas que têm muito, mas continuam insatisfeitas; livros para pessoas que sofrem com a falta de palavras justamente quando deveriam ter o coração na ponta da língua.

E, com um sorriso, Madame Montesquieu completou:

— Também precisamos de livros para crianças, livros para crianças que não querem mais ser crianças, livros para mulheres, livros para homens e livros para pessoas que não se importam se são crianças, mulheres, homens ou cavalos-marinhos, e imploro a Thoth ou Hermes Trismegisto, deuses da escrita, para que logo haja mais e mais dos últimos.

— Cavalos-marinhos?

— Aqueles que não se importam com o sexo de uma pessoa e tratam a todos da mesma forma.

Bem, então é isso. Quem conseguir pronunciar Trismegisto primeiro vence.

17

Francis conhece os Rolling Stones. Quer dizer, mais ou menos

A notícia da biblioteca itinerante se espalhou. As crianças falavam disso na escola e em casa, e então as mães, tias e avós descobriram os empréstimos e os livros sob encomenda e enxergaram uma felicidade nova e distante, que se apresentava na forma de uma *Bleuette* chacoalhante. Livros que custavam quase nada, entregues em mãos, e com isso obtinham algo inusitado e precioso em suas vidas: tempo para si mesmas.

Mães e filhas, tias e avós experimentavam com cautela esse novo traje, que não sabiam se cairia bem nelas. Tempo para si mesmas.

Tempo que antes passavam sendo úteis, uma utilidade à qual ninguém prestava muita atenção, pois consistia em arrumar, consertar, cozinhar, lavar, ficar em silêncio; deveres que todos julgavam pertinentes a uma boa pessoa, a uma mulher decente.

E de repente podiam se encontrar num livro. Se reinventar.

Não precisavam ser úteis. Não precisavam ser bonitas.

Elas desabrocharam, pensaram de forma diferente, refinaram os sentimentos — e seu mundo interior de repente se ampliou e aumentou. Elas puderam respirar melhor.

Àquela altura, já havia uma primeira comunidade hippie no vale de Les Pilles, a alguns quilômetros de Nyons. Enquanto as famílias tradicionais ainda estavam se conformando com o fato de não viverem mais na década de 1950, outras já estavam tão à frente de seu tempo que era quase como se fossem do futuro.

Francis seguia com uma ansiedade desconfortável em direção à comunidade que havia se reunido em torno de um professor parisiense, que abrira uma *épicerie*, que, como observou Marie-Jeanne, sempre cheirava a tomilho queimado (vamos deixá-la com essa ilusão até que um dia alguém lhe diga que o cheiro de fumaça de haxixe lembra o das ervas aromáticas provençais).

As designações dadas às pessoas dessa comunidade pouco significavam para ele — filhos das flores, hippies, existencialistas.

Eram acadêmicos, intelectuais, músicos, pessoas que haviam abandonado a vida burguesa para pensar em novas regras para si e para sua existência, que plantavam frutas e legumes para vender. Será que iriam rir de Francis? Ou Francis deles? Não se devia fazer disso uma religião, colher couve-rábano da terra selvagem.

O professor que desistiu de Paris — cabelos longos, camisa de linho branca abotoada até em cima, barba por fazer — surpreendeu o tímido Francis ao abraçá-lo e lhe dar quatro, em vez de dois, *bisous* nas bochechas. Então ofereceu um chá de ervas a Francis (que só bebeu um gole cauteloso, senão veria tudo muito colorido) e cuidadosamente folheou a mistura multicolorida dos livros de Francis.

— Meu caro Meurienne, o senhor é um revolucionário à paisana — disse o professor parisiense.

— Gentileza sua, Monsieur.

— Gentileza? Está de brincadeira? É verdade! Seu conceito de comunidade, aliado ao individualismo que se destaca intelectualmente acima de si mesmo, o que, por sua vez, mudará automaticamente a sociedade: é assim que funciona a revolução moderna. Sem sangue, mas com toda a determinação.

— Ah, sim. — Talvez Francis devesse beber um pouco mais do chá engraçado para poder acompanhar a linha de raciocínio dele.

— Ora! — gritou o professor de repente. Tinha na mão uma nova aquisição que Meurienne vinha discutindo havia muito com o livreiro Mussigmann, pois não era fácil de ler: *Enquanto agonizo,* de William Faulkner. Durante uma marcha sob calor intenso, incêndios e outras catástrofes, metade de uma aldeia conta sua história, da aridez da vida na fazenda, segredos são revelados, quem está com quem, por que e cujos filhos... nenhum idílio romântico.

"É isso mesmo!", dissera Valérie. "Literatura não é só um balneário para relaxar! A mente também precisa de uma boa bucha de vez em quando!"

Com olhos marejados de lágrimas, o parisiense disse:

— Eu li esse livro quando era menino, e desde então anseio por isso. Sempre quis estar aqui — apontou ao redor —, em meio à vida real. E aí perdi o livro, sim, perdi a ideia, perdi o bom senso e troquei tudo pela ignorância da convenção. Uma convenção que dá à luz uma vida artificial.

Ele se levantou, abraçou novamente Francis, que não tinha certeza do que estava acontecendo, não sabia onde colocar os braços, então decidiu dar um tapinha nas costas do homem perturbado e dizer:

— Está tudo bem, está tudo bem, vai ficar tudo bem.

Ele percebeu que, embora todos lessem o mesmo livro, pareciam estar lendo livros diferentes. Valérie chamara aquela obra de uma boa bucha mas, para aquele parisiense, ele era algo como... bem. Como um amigo esquecido. Incrível isso.

— O senhor precisa vir toda semana — disse o professor. — Os livros nos lembram quem um dia queríamos ser.

Francis tossiu. Era só o que faltava. Ele conseguia facilmente se lembrar de quem queria ser — ele queria consertar as coisas —, mas tudo bem.

Das mulheres da comunidade, Francis recebeu seu primeiro pedido, que ele oficialmente adicionou à lista de desejos de Vida: aquele livreto sueco com... bem... estranhas contorções hidráulicas.

Ficou um tempo sentado ali, ouvindo os moradores e as moradoras da comunidade falarem sobre libertação e complexos de culpa e homeopatia. Talvez fosse essa a tal da nova era? Em todo caso, ouviam boa música, e Francis considerou por um momento se deveria integrar uma biblioteca musical itinerante.

Porém, a música levava a uma guerra ainda maior entre as gerações do que os livros, que, pelo menos aparentemente, eram silenciosos. Mas, aqueles Rolling Stones... eles eram impressionantes.
Hey, hey, hey.

Elsa fazia o registro dos empréstimos. Sempre sabia qual livro estava com quem. Isso dava a ela um vislumbre dos mistérios da comunidade e, ao mesmo tempo, lhe conferia um novo respeito — porque ela nunca revelava quem pegava emprestado os romances de Angélique (o desagradável sapateiro, cuja pele áspera ficava cada vez mais macia quando punha de lado o alicate e a linha e pegava cuidadosamente as páginas com dedos escuros como couro) nem em que estado lamentável os livros voltavam.

— É uma questão de confidencialidade literária — dizia Elsa Malbec, sentindo o mesmo orgulho que médicos, advogados ou padres confessores sentiam por seus votos de silêncio.

Era difícil acreditar no que as pessoas faziam com os livros. Francis e Marie-Jeanne encontraram esterco de ovelha, borra de café, migalhas de tabaco para cachimbo e, uma vez, um besouro verde vivo e brilhante entre as páginas. O besouro pousara em Sartre, e foi assim que Francis Meurienne leu, muito devagar, palavra por palavra, um livro pela primeira vez.

A frase que emergiu sob o besouro dizia:

"A vida não tem sentido *a priori*. Antes de viver, a vida em si não é nada; cabe a você dar um sentido a ela; e o valor da vida nada mais é que o sentido que você dá a ela."

— A-há — disse Francis. — E o que significa *a priori*?

— A princípio — respondeu Marie-Jeanne, que ainda lia um livro todos os dias, sempre o que estava no topo da pilha de novas aquisições; Júlio Verne, Nietzsche, T. S. Eliot, Jane Austen. — Basicamente.

— Por que ele não escreve isso?

— Ele quer mostrar que leu Kant.

— E quem é esse mesmo?

— Foi aquele que disse que as pessoas deveriam usar a própria inteligência.

— Ora, e de quem mais usariam?

Francis leu a frase de novo e achou-a um pouco longa. Então pensou naquelas palavras e no que ele não sabia *a priori*, mas no que agora sabia sobre esse tal de Kant, e decidiu: eu já sabia. Mas, em todo caso, isso lhe agradou.

Pelo menos esses livros o faziam pensar, refletiu ele, exatamente como Madame Brillant havia profetizado.

Uma maneira de pensar diferente do pensamento normal. O pensamento normal era sobre o que comer, como conseguir dinheiro para isso ou para aquilo, como cuidar das velas de ignição, e assim por diante. Mas a reflexão através dos livros, isso era... como voar. Sim. Isso transformava os pensamentos normais em gaviões. Talvez ele devesse tentar outro livro, mas não outro daquele estranho de óculos com seus *prioris*.

Obviamente, Marie-Jeanne coletava tudo o que encontrava entre as páginas dos livros e guardava em outro baú. Ingressos do cinema em Cavaillon. Uma lista de compras: "Castanhas, fósforos, lupa." Um cartão-postal de Veneza. Certa vez, ela encontrou uma carta que começava assim:

Penso em você numa noite de estrelas cadentes.
Não conheço seu rosto.
Nem seu nome.
O meu não revelo.
Quando um dia nos encontrarmos, quando nos tocarmos, saberemos quem somos.

Estava dentro de *A gravidade e a graça*, de Simone Weil.

Simone Weil...

Era isso... sim. A filósofa. E autora preferida da tabeliã Géraldine Chatelet.

Para quem ela havia escrito esta carta?

Por que o amor era tão hesitante? Por que tanto sua ausência quanto sua existência causavam tanta dor?

— *Petitpa?*

— Hum.

— Por que o amor é tão difícil?

— Ah. — Francis puxou um banquinho de três pernas. — Sabe... — começou ele. — Ele é...

Suspiro.

— O amor é — começou ele de novo. — Isso é basicamente a única coisa que sabemos com certeza.

— É o quê?

— Só isso. Ele é. É o que podemos afirmar com certeza. Todo o resto... ele também é. O amor é. Ele existe. Está aqui. Isso é certo. Não sabemos mais nada sobre ele e, na verdade, não podemos realmente descrevê-lo. Entende?

— Acho que... não — respondeu Marie.

Em silêncio, eu me sentei ao lado dos dois.

Francis inspirou fundo. Por que ela não lhe perguntava algo que não fosse tão importante? Se ele dissesse a coisa errada agora, ela mergulharia na vida com as bobagens dele na cabeça e, quem sabe, ele arruinaria todos os encontros, as esperanças e os anseios da menina. Não era o que ele queria. Queria que ela visse sua vida como um rio cheio de maravilhas e oportunidades.

Ele reuniu toda a sua coragem, pois de que adiantava um homem ser pai se não tentasse explicar o amor aos filhos da melhor maneira possível?

— O amor é. Estamos de acordo quanto a isso, certo? Ele existe. Como o mar, como o sol, como as montanhas. Isso não diz nada sobre a sua... sua... duração. Ou sua cor. Ou sua forma. Assim como o mar, o sol e as montanhas são sempre diferentes.

— Mas nos contos de fadas eles sempre vivem felizes para sempre. Provavelmente é uma mentira diplomática, né?

Francis retorceu as mãos. Não queria decepcionar a filha, queria que ela confiasse no sentimento. Como ele. Sempre confiou em sua intuição, e esta lhe dizia, por exemplo, que o afeto de Elsa tinha uma forma muito... como dizer... extraordinariamente fora do comum.

Ela o amava como podia. Não como ele talvez desejasse. E quando uma pessoa consegue aceitar não ser amada do jeito que desejaria, mas do jeito que a outra pessoa é capaz de amar — então, sim, a paz era possível.

Às vezes, as pessoas mais gentis são as mais inteligentes, as mais humanas, não as que estão nas universidades. Sentadas num banquinho em seu celeiro desarrumado, elas tentam responder à pergunta sobre o amor de uma menina de onze anos.

— Às vezes, o amor é como um conto de fadas — Francis tentou de novo —, mas às vezes o amor é muito diferente. Como um cheiro que a pessoa nunca esquece. Mesmo que você só o tenha sentido uma vez. E o tal cheiro pode ser apenas daquela tarde. Talvez de um passeio quando tudo estava calmo, claro e pungente. Ele a ama, ela o ama. Mas os dois, antes mesmo de serem as estrelas mais brilhantes um do outro, são o maior... infortúnio... então ela diz a ele: Você sofreria muito. Não deve deixar de amar seus filhos ou sua esposa, por isso vou te largar, ainda que eu te ame e saiba que você também me ama. Portanto, vá. Vá embora logo.

— Ela o ama tanto que o deixa ir para que ele não fique infeliz?

— Sim. Claro que ele ficará infeliz porque a perdeu, mas esse é um mal menor do que perder sua vida até então. E eles se amaram. Ou vão se amar por toda a vida. Mesmo que nunca mais se falem. Isso é felicidade.

— Não, isso é horrível. Por que alguém tem que experimentar esse tipo de felicidade?

— Talvez tenhamos uma ideia errada de felicidade. Felicidade não significa ser feliz. Ou que tudo é fácil. E, ainda assim, temos sorte. Porque amamos mesmo quando é doloroso. O amor é. É tudo. E tudo significa: tudo.

— Hum — disse Marie.

Meio sem jeito, Francis vasculhou entre funis de gramofone, sinos de vento e quebra-nozes desdentados. Como poderia deixar claro para a filha adotiva que nem tudo o que se encontra no amor pode ser útil — e às vezes nem um pouco bonito?

O minúsculo sofá de uma casa de boneca caiu em suas mãos. Ah!

— O amor é como uma casa, Marie-Jeanne. Tudo numa casa deve ser utilizado, nada deve ser coberto ou "poupado". Só vive de verdade aquele que habita o amor por inteiro também e não se esquiva de nenhum cômodo ou porta. Discutir e ser afetuoso são ambos igualmente importantes; se agarrar e se afastar também. É necessário que todos os cômodos do amor sejam utilizados de fato. Caso contrário, os fantasmas e os odores se infiltram neles. Cômodos e casas negligenciados podem se tornar traiçoeiros e fedorentos.

Ele vasculhou o baú de Marie-Jeanne e montou uma casinha de bonecas com todos os tipos de coisas curiosas.

Marie-Jeanne ajudou-o por um tempo, e eles deixaram todas as portas da casa de bonecas abertas, e a casinha foi povoada com as coisas esquecidas que um dia foram amadas.

Então ela foi até a pilha mais próxima de livros devolvidos.

— *Petitpa*? O que eu faço com isso?

— Com o quê?

— Com isso.

Quase todos os livros tinham vestígios de suspiros, resquícios de saudade deixados pelos leitores que os pegaram emprestados. Era impressionante como os livros aparentemente conseguiam fazer o brilho chorar.

Francis pegou o livro e o examinou com cuidado.

— Parece estar tudo bem com ele.

Francis não conseguia ver o que Marie-Jeanne via.

Os dois tiraram o pó dos livros, consertaram pequenos rasgos e os empilharam. Em dado momento, Marie perguntou baixinho:

— Papa? Será que alguém vai me amar quando eu crescer?

Francis fitou os olhos brilhantes e vivos daquela que vinha sendo sua filha fazia muito tempo. Olhos tingidos de desespero, algo que Francis nunca vira em Marie-Jeanne antes.

— Claro. Seu príncipe já nasceu. Já está procurando por você.

Fiquei sentado com eles e teria sido a coisa mais natural do mundo levantar a mão para deixar minha marca em Marie-Jeanne.

Na verdade, eu já tinha decidido onde: nos olhos dela. E um dia ela seria vista como era; esse era meu desejo para Marie-Jeanne. Ela reconheceria a pessoa para quem ela era um rio cheio de maravilhas assim que essa pessoa a fitasse nos olhos e a compreendesse profunda e indubitavelmente. E eu escolheria a pessoa com muito cuidado; Marie-Jeanne deveria ser amada, deveria se sentir livre e segura. Eu queria tornar realidade o que Francis prometeu a ela.

Mas, quando levantei a mão para marcar Marie-Jeanne, não consegui. Era impossível.

Eu não conseguia tocar Marie-Jeanne.

18
Bonjour, o Bibibus chegou

A biblioteca itinerante logo recebeu o apelido de "Bibliobus", mas, como as crianças não conseguiam pronunciar direito, diziam "Bibibus", e logo todos passaram a chamá-la assim.

Onde havia ruas, estradas e caminhos, Valérie Montesquieu e Francis transportavam os livros, e, onde estes terminavam, Marie-Jeanne levava em Fino, o burro, "conhecimento, cultura e beleza aos cantos mais remotos. E, para não esquecer, histórias de amor extremamente românticas", como dizia Madame Montesquieu.

Françoise Sagan, os livros de Angélique de Anne Golon, Júlio Verne e o bom e velho Simenon tinham muita saída, assim como os "romances água-com-açúcar", como o livreiro Mussigmann chamava as histórias de amor em que piratas, revolucionários e nobres se apaixonavam perdidamente por mulheres infelizes no casamento que fugiam com eles.

Francis e Valérie só podiam emprestar Simone de Beauvoir e *O apanhador no campo de centeio* com absoluta discrição, num caso de confidencialidade literária máxima.

Sartre e Camus, assim como Foucault e Simone Weil, também eram livros sensíveis; os mais jovens os amavam, os mais velhos ficavam um pouco perplexos — sentados nas latrinas de madeira, tinham a sensação de que essas pessoas estavam escrevendo sobre eles, mas, de alguma forma, não exatamente. Apenas Madame Chatelet devorava os existencialistas e as filósofas.

Enquanto isso, Loulou sempre reservava as baguetes mais perfeitas para o jantar a dois da tabeliã: a senhora e seu convidado invisível.

Passaram-se alguns meses até Madame Chatelet olhar Loulou nos olhos e agradecer com um aceno de cabeça e um *"Merci, ma belle"*.

No entanto, o grande sucesso da biblioteca itinerante — e isso deixava Elsa particularmente orgulhosa — eram suas receitas escritas à mão. Ela as ditava para Marie-Jeanne, e o *Livro de receitas culinárias tradicionais da Drôme e da Provence de Madame Elsa* era a obra mais solicitada. Francis pensou em imprimi-lo na gráfica que ficava embaixo do castelo de Grignan, mas isso estava além de suas possibilidades, embora em pouco tempo já estivesse ganhando bem.

Por isso, Marie-Jeanne copiou dez exemplares com sua letra mais bonita e, sob a orientação da calígrafa Madame Brillant, elas os encadernaram com uma capa de renda feita por Elsa. Mesmo assim, ainda havia uma lista de espera de meses. Todos queriam saber como se fazia a omelete de azeitonas e trufas, a *brouillade*, a ratatouille — só temperada com alho e cebola, mas sem ervas —, como fazer cachaça de tomilho e nougat caseiro, pão com licor e *gratin dauphinois, ravioli* e maionese de alho com a*licoque* — o azeite fresco extraído todos os anos em Nyons.

Naturalmente, professores, agricultores, a Confraria do Azeite — a Confrérie des Chevaliers de l'Olivier, que tinha como presidente honorário o escritor Jean Giono —, a Ordem para a Preservação de Petanca, os monitores dos acampamentos de férias no Vaucluse, as cinco filhas da padeira Raspail e todos os outros podiam encomendar determinados livros para empréstimo ou compra. O que levou a uma seleção, digamos, de um jeito diplomático, surpreendentemente diversificada da arte francesa de *imprimátur*. Desde histórias de amor a livros complicadíssimos de não ficção sobre a construção e manutenção de galinheiros.

Elsa, Valérie e Marie-Jeanne ficavam responsáveis por selecionar o material de leitura para empréstimo. Atuavam como conselheiros o impressor em Grignan, que sempre sabia o que seria lançado dali a seis meses, Monsieur Mussigmann, o livreiro, e Madame Brillant, que podia prever com precisão quais livros as meninas amariam e seus pais odiariam. Além do escritor Jean Finkielkraut, que se mudara de Paris após os tumultos de 1968 e vivia na montanha perto do Châteauneuf-de-Bordette, e de quem, infelizmente para ele, ninguém nunca tinha ouvido falar na Drôme provençal.

O brilho de Jean ficava na testa. O que, do ponto de vista de Marie-Jeanne, fazia dele um unicórnio de barbicha.

— Ah, livros! — disse Finkielkraut, quando Francis percorreu pela primeira vez o caminho tortuoso até a pequena localidade; logo depois de ter tentado explicar o amor a Marie-Jeanne e construído a casa de bonecas. — Livros! A ilusão mais maravilhosa e mais importante da vida! Dá mais força do que a Igreja e...

— Sim, sim — concordou Francis —, mas não mais força que um *aioli* bem-feito.

— Qual foi a última coisa que você leu? — perguntou Finkielkraut, astuciosamente, e, apesar de seu caráter razoavelmente decente, esperando que Francis respondesse: "As listas de apostas de cavalo", apenas para tratá-lo com ironia gentil e superioridade paternal até o fim de seus dias.

— Sartre — respondeu Francis com sinceridade.

— Ah.

— Definitivamente, ele era amigo de Kant — acrescentou Francis —, mas não *a priori*, isso deve ter vindo com o tempo.

Meu Deus, pensou Finkielkraut. E teve a deliciosa sensação de ter encontrado um amigo ali, no fim do mundo.

☞ Definição de amizade

Amigos são aqueles que, no fim, ainda estão lá e dizem: "Ah, que se foda, vamos beber alguma coisa?"

Pelo menos era isso que Jean Finkielkraut tinha em mente quando procurava amigos em Paris, mas não os encontrava; as amizades se desenvolviam lá por meio de uma tendência política comum. E ele já estava farto disso.

Com Francis, Jean Finkielkraut experimentou uma amizade em que surpreendentemente havia pouca conversa (da parte de Francis) e muita ação, dando a Jean Finkielkraut a sensação encantadora de que seu corpo não tinha sido feito só para carregar uma cabeça.

Jean Finkielkraut aprendeu a colher as azeitonas pretas *Tanche* de Nyons (à mão; em Nyons não se usava o "pente" nas oliveiras, pois isso danificava os galhos) e também que, em hipótese alguma, deveria comê-las direto do pé; primeiro tinham que ser embebidas e colocadas em salmoura para revelar seus segredos. Aprendeu também que os burros sempre ouvem melhor de um lado, aprendeu a imitar o piado da coruja e a se portar como um homem de Nyons no balcão do Bar du Centre do Luc de Marselha (braços cruzados no bar e só descruze se for tomar um gole, caso contrário, permaneça estoico, aconteça o que acontecer), bem como a segurar pregos com a boca ao fazer trabalhos manuais de forma a não se machucar seriamente no processo. Em geral, o parisiense aprendia tudo o que ansiava: entalhar, preparar um coelho patético (em vinho branco), prender o volante do carro com os joelhos para ficar com as mãos livres ao dirigir, a fim de enrolar um cigarro, por exemplo. Ele não fumava, mas *tant pis*. Em todo caso, compartilhar um cigarro com os artesãos no Bar du Centre era uma forma menos complicada de conhecer pessoas do que, por exemplo, perguntar: "Você gosta de Hegel?"

Um amigo é alguém que não ri de mim, mas comigo, Loulou havia constatado, e só havia uma pessoa que fazia isso: Marie-Jeanne. Bem, e o abominável do Luca. Mas ele não contava como amigo, ele era...

...e, a partir desse pensamento, Loulou passou a imaginar cenas alternadas dela esfregando o rosto de Luca com tufos de grama e ele resistindo, rolando-a de costas e beijando-a. Ah, se pelo menos ele a provocasse novamente. Ela sofria com uma febre incurável e precisava manter as mãos ocupadas para não pensar em Luca; ficou tão inquieta e trabalhadeira que até os pais perceberam que havia algo errado.

Um amigo é alguém a quem você pode dizer qualquer coisa, era o que achava Marie-Jeanne. E só havia uma opção nesse caso: a oliveira.

E a oliveira? Ela contava com o vento, que era seu amigo porque lhe dava a fala, contava com a terra porque lhe dava um lar, contava com os pássaros que pousavam em seus galhos e traziam notícias de todos os lugares. Mas seu grande amor era a menina que não era mais tão pequena, pelo menos não por dentro. Ela era a única que conseguia ver o Amor.
Que dom!, pensou a árvore. *Que fardo!*
Quando será que ela passaria a ter consciência do que sabe?

☞ *As oliveiras são as guardiãs da sabedoria, e coisa e tal; no entanto, é preciso se perguntar: por quê?*

Elas vivem a vida junto das pessoas; das árvores, das gramíneas, dos arbustos; das rochas, dos riachos subterrâneos e dos mares de superfície. Vivem num tempo diferente do dos seres humanos, com suas leis de repetição infinita. Das montanhas, cujo sentido do tempo é um espaço tão inimaginavelmente amplo que se aproxima da eternidade. A partir dessas eternidades as casas são construídas, e nelas a vida humana passa rapidamente, mas as pedras permanecem.

E a existência de uma oliveira não passa tão devagar quanto para as montanhas. Suas raízes penetram o solo, o que lhe revela o caminho que a água percorreu, gota a gota. Algumas haviam caído em forma de chuva sobre as carroças romanas nas quais se sentavam mulheres com capuzes desconfortáveis, escorrido pela terra, tateado entre pedras e escombros, e chegado à oliveira centenas de anos depois.

E a água conta histórias sobre guerras e amores, cruzes e incêndios, e sobre como o mundo dos seres humanos está mudando. Como inventaram o dinheiro e a inveja, como construíram cidades e escreveram histórias sobre a natureza, da qual têm saudades desde então.

As brisas, as tempestades, os ventos, os relâmpagos e as trovoadas — estes também carregam até a oliveira os cheiros de vales e casas distantes; estreitando os olhos de sua velha alma, ela enxerga esses vales. Sente o cheiro das salas de estar, de quartos e celeiros, e de como se vive e come em seu interior e se respira durante o sono. Ela sente o calor e a forma dos animais na brisa, sente o cheiro de leite e queijo, ervas secas, ouve orações e vozes, palavras de amor e saudades silenciadas; tudo isso o ar eloquente lhe revela. Conta a ela como as pessoas se sentem e que histórias narram umas às outras.

A oliveira, com os seus oitocentos anos, sabe tudo sobre esses vales, a muitas centenas de quilômetros de distância, sabe dos dias e noites das pessoas de lá, e nela repousam centenas e centenas de anos de vida. Claro que ela sabe tudo, ela cresce com a vida.

O incrível é que o ser humano tem suas próprias leis, a oliveira sabe muito bem disso — elas não se tornam visíveis tão rapidamente quanto as das estações.

Sempre há décadas de destruição, pausa, despertar e prosperidade; toda prosperidade é seguida de destruição, assim é o homem, essa é sua lei natural.

A oliveira gosta mais dos pássaros que nela pousam do que do vento e da água. E, quando ela os ouve, eles contam novas histórias sobre aldeias e cidades; os pássaros descrevem risos e música, tão semelhante à língua deles e, ao mesmo tempo, tão diferente.

É assim que a árvore olha e pensa, ouve e sente, e é a memória de todos os mundos visíveis e invisíveis.

E é assim que ela também conhece o milagre de Marie--Jeanne; e é assim que ela sabe o que vai acontecer.

19
A alquimia dos livros: riscos e efeitos colaterais

Marie-Jeanne lia de tudo. Bem, com uma exceção: Francis havia passado pelas sensações hidráulicas com Jean Finkielkraut, e juntos chegaram à conclusão de que, em primeiro lugar, talvez fossem muito velhos para isso, em segundo lugar, muito tímidos e, em terceiro lugar, suas articulações não dariam conta de uma forma ou de outra. E, em quarto lugar, acima de tudo, não deixariam essa obra gráfica cair nas mãos de uma menor de idade.

Mas, tirando isso, lia de tudo. "Romances água-com-açúcar" com príncipes renegados, revolucionários e piratas na capa, a maioria dos quais usava camisas abertas no peito e segurava uma mulher apaixonada nos braços. Mas também Camus e o *Manual de conjugação moderna*, *On The Road: pé na estrada*, de Jack Kerouac, *Admirável mundo novo*, de Aldous Huxley (que lhe deu pesadelos), *O apanhador no campo de centeio*, as cartas de Ninon de Lenclos. Leu Júlio Verne e Johannes Mario Simmel, Sylvia Plath e *Esperando Godot* (que ela achou muita falta de consideração, então Valérie precisou explicar longamente que aquela obra era uma parábola, uma metáfora. E foi assim que Marie-Jeanne aprendeu que os livros às vezes não falam do que falam, que o assunto se esconde por trás das palavras. Ela achou isso complicado, mas: por que não?).

Leu *Jane Eyre* e *Stiller* (ela suspeitava de que com Max Frisch tudo fosse também uma metáfora gigante e pegajosa para uma grande tristeza), leu *Grandes esperanças*, de Dickens, e *O grande Gatsby*.

Então aprendeu que não é preciso ser rico para cativar o amor. O que a consolou.

Talvez Marie fosse jovem demais para algumas coisas, segundo os padrões tradicionais, mas ninguém pensou em impedi-la de ler romances. O que, a princípio, se deveu ao fato de nem Francis nem Elsa terem suspeitado do que havia dentro desses monstros. Agora faziam Marie-Jeanne ler para eles e, quando chegavam a passagens explícitas — geralmente nos livros água-com-açúcar com o príncipe renegado da camisa aberta —, Elsa tomava o livro da mão da menina, verificava os trechos e falava:

— Bem, não é dito exatamente o que estão fazendo. Mas existem algumas... como se chamam essas coisas? Metáforas? Ora essa.

Um corar de rosto, um virar de páginas, o desejo eventual de Elsa de retornar aos romances um pouco mais complicados de Balzac ou daquele russo triste, nos quais ninguém era surpreendido por um ataque de metáforas como "um jato premente de sua espada".

Desta forma, Marie-Jeanne atingiu um nível de instrução extraordinário. Não necessariamente no sentido clássico. Aprendeu sobre as constelações acima do Ticino, como servir chá no Japão, arrancar o olho de um crocodilo, fazer um molho com pétalas de rosa, cumprimentar a rainha da Inglaterra, tudo sobre signos chineses e como acender uma fogueira sem palitos de fósforo.

O retrato de Dorian Gray fez Marie desviar de espelhos por um tempo, e *Fahrenheit 451* foi para ela uma excursão perturbadora a um futuro cinzento de uma humanidade sem livros; ela adormeceu com o desejo ardente de poder recitar um romance inteiro de cor. Só por precaução, caso a humanidade realmente banisse os livros para evitar rebeliões ou muita emoção ou muita saudade, e ninguém conseguisse ler mais do que um parágrafo sem ter que parar por causa de uma dor de cabeça.

Só que: qual deles?

Sempre que achava ter encontrado um livro favorito, abria o próximo e encontrava um novo favorito.

Como Jean Finkielkraut, o novo *copain* de *petitpa,* dissera: "É assim que se lê: como uma borboleta. Ela esvoaça a esmo, sem planos, desbravando o esplendor de um paraíso desconhecido. Não dê ouvidos aos seus professores sobre o que deve ou não ler. Nunca torça o nariz para certos tipos de livros, seja uma borboleta!"

Assim, Marie-Jeanne abriu caminho pelo jardim da poesia.

Marie-Jeanne lia para Elsa enquanto ela fazia renda, e depois as duas conversavam sobre as histórias e as pessoas nelas. Sobre o estranho Monsieur Kafka, cuja obra Elsa não conseguiu superar; partia seu coração o que o pobre Monsieur Gregor de *A metamorfose* teve que aguentar e o fato de sua mãe tratá-lo como um inseto.

Elsa não percebeu de imediato, mas os elementos dentro dela iam entrando em equilíbrio, livro após livro.

E Elsa não seria Elsa se não tivesse escondido essa transformação numa rabugenta mais gentil. Mas se tornou mais negligente na arte de se opor aos outros.

Ela teve a ideia de fazer capas de tecido para proteger os livros. Isso trazia a vantagem extra de ninguém conseguir enxergar à primeira vista onde você estava metendo o nariz.

Certa tarde, Elsa também havia se ocupado com as maravilhas hidráulicas, e achara muito complicado fazer tais coisas para obter sensações agradáveis. No entanto, havia algumas sugestões interessantes das quais, quem sabe, um dia Francis se beneficiaria.

O livro ganhou uma linda capa de tecido com uma bela imagem bordada da Virgem Maria. Certa vez, Francis pegou sua esposa sorrindo secretamente para ele.

Francis carregava essa imagem consigo. Ele havia se virado e visto Elsa no espelho acima da velha cômoda. Desde então, Francis se virava de repente, esperando flagrá-la em meio a um olhar afetuoso direcionado a ele — e despercebido dele.

Mas... no fundo, ela também queria que ele visse, em certa medida. Esse era um sentimento novo para Elsa. Leve. Brilhante.

Ela não se apaixonaria pelo próprio marido, certo?

Os Bibibus logo se tornaram parte da vida cotidiana de um jeito tão natural quanto séries na televisão ou fazendeiros transformando suas cocheiras e estábulos em *gîtes* de veraneio ou em aldeias de férias, onde os jovens das cidades cinzentas tomavam sol de verdade pela primeira vez e esperavam poder se livrar rapidamente de sua irritante virgindade.

Assim, entre campos de lavanda, olivais e currais de cabras, junto à lareira ou na casinha atrás dos galinheiros, lia-se *Papillon* e *De víbora na mão*, *Claudine* e *Bom dia, tristeza*.

Eles conheceram a vida, beberam-na com mil olhos. Rejuvenesceram, ficaram mais sábios. Sentiram uma felicidade conhecida apenas por aqueles que sabem ouvir a si mesmos e sorrir.

Aquele primeiro louco verão entre livros.

Ele os mudou.

A segunda filha do padeiro de Nyons, Martine, cortou o cabelo curto para horror das "mulheres decentes" (uma instituição anônima espalhada pelo mundo). Já o filho mais velho do prefeito, Gérard, deixou o cabelo crescer ("Como um hippie/terrorista/esquerdista" e assim por diante).

Porque era uma época de recomeços, e como havia livros sobre o que os jovens poderiam fazer para levar uma nação da inércia ao movimento, esses dois não perderam a oportunidade de derrubar as primeiras fronteiras. Mesmo que fosse com seus penteados.

Quem eram os culpados? Bem. Alguns colocaram a culpa em Hermann Hesse, outros em Jack Kerouac, outros ainda naquele maluco do Scott Fitzgerald e em seu *Suave é a noite*. E, principalmente: em Francis Meurienne, que consolidou sua reputação de sabotador inofensivamente sorridente e aumentou a demanda por livros com sobrecapas discretas. Quando questionado sobre essa rebelião de penteados, Francis citava Sêneca, ou melhor, aquilo que aprendera com Colette Brillant:

Quantos preferem ter o cabelo mais bem penteado a ser honesto?
O que, por sua vez, impressionou Monsieur Finkielkraut, o escritor com bloqueio criativo. Citar Sêneca e saber trocar as velas de ignição: incrível. Ele também queria ser um homem assim. Já haviam surgido grandes rachaduras em suas visões de mundo. E através delas fluía a brilhante luz do sul, as cores, e, em Finkielkraut, os lados espiritual e mental se uniam e faziam as pazes.

O sapateiro, por sua vez, cujo coração encouraçado foi suavemente pisoteado pelas aventuras de Angélique, começou a sonhar com sapatos capazes de transportar as pessoas para longe de sua vida cotidiana. Ele contou isso aos sussurros para a esposa, Violetta, na escuridão da noite, achando que ela dormia.

Mas Violetta não estava dormindo, ela o escutou e se apaixonou ainda mais por ele.

E porque os Estados Unidos ficavam muito longe, os dois foram pela primeira vez à praia e fizeram um piquenique com pão e *rillette*, resfriaram o vinho na arrebentação, era rosé e refrescante, e foi muito mais bonito do que fora no dia do seu casamento, e ambos nunca estiveram mais felizes, concordaram enquanto observavam as estrelas cintilantes. Como se o céu estivesse abaixo deles, e eles voassem, as costas na areia, os olhos no firmamento.

Luc, o homem de Marselha do Bar du Centre, foi persuadido a atuar como posto de devolução da biblioteca itinerante. Inclinado sobre o balcão, ele lia Dostoiévski, então parou de apostar em cavalos e, em seguida, por vergonha, parou de exagerar na bebida. A Morte só chegou décadas depois do que havia sido determinado pelo Destino. Com isso, o Milagre falou:

— Bem. Nunca contem comigo, mas sempre esperem por mim. Guardem isso na memória.

E então, de todas as pessoas, foi Jean Finkielkraut que, por causa da biblioteca itinerante, descobriu o segredo das luzes do sul.

Ou melhor, quase.

* * *

O escritor parisiense Jean Finkielkraut tinha ido para Nyons por dois motivos. O primeiro foi vaidade. As pessoas em Paris sempre se empolgavam ao ver o turbante de Simone de Beauvoir nos cafés importantes de Saint-Germain; Finkielkraut havia tentado usar um adereço de cabeça semelhante, mas ficou parecido com sua tia Elsbetha, e ela lembrava Louis de Funès de turbante. Por isso ele esperava não ser "mais um" no sul, e sim "o" escritor. E suportar esse fardo pesado com modéstia e orgulho humilde.

Bem, já existia lá aquele escritor de ficção científica, o tal René Barjavel. Bom, e Jean Giono. E Marcel Pagnol. Mas esses Finkielkraut podia ignorar.

O segundo motivo: Jean tivera a sensação profunda e aterrorizante de que sua vida às margens do Sena lhe estava sendo roubada. No metrô, quando ia pelos *trottoirs* e as pedras o privavam da grama, da terra e dos cheiros, e toda Paris havia se transformado numa cidade tão rápida, tão barulhenta, tão arrogante: o que está *à la mode* agora, o que é necessário, o que é o mais moderno, qual é a novidade, e a mais recente, e a da última hora?

E como De Gaulle fora derrotado primeiro por Pompidou e depois pela Morte, Jean se sentiu como se não estivesse mais em casa.

Finkielkraut ansiara pela *France Profonde*, pela vida romantizada do campo, sem supérfluos, longe da agitação do mundo. Em uma antiga Provence, onde a luz do sol e o azul do céu eram um conforto para os olhos castigados pela fria luz do norte. E era sobre isso que ele queria escrever, fazer com que a nação recobrasse o fôlego, por assim dizer, com sua obra: *O presente esquecido,* é assim que se chamaria.

Exatamente como fazem os intelectuais a uma certa idade, quando percebem que viveram muito dentro da própria cabeça e muito pouco em seu corpo.

Além disso, basicamente Finkielkraut estava cansado do frio e queria se embriagar no calor de uma noite bem-aventurada. E, finalmente, conhecer uma mulher que ousasse, pelo menos, lhe dar a mão. Já fazia muito tempo que isso não acontecia, e ele provavelmente já tinha desaprendido todo o resto, de qualquer maneira.

☞ Como, um dia, Monsieur Finkielkraut se esqueceu de amar

Desde a sua juventude que, como nerd da turma, Finkielkraut não se misturava — seu amor-próprio exacerbado não lhe permitia participar das brincadeiras estúpidas dos outros garotos — e sucumbiu à ilusão romântica de que escrever era seu grande amor.

Mas ele não estava feliz com essa alquimia havia quase sessenta anos. Ainda não conseguia descrever sua vida como bela; assim que parava de escrever, a solidão continuava presente; a sensação de apenas observar a vida e nunca ter sido convidado a participar dela, e o sentimento incômodo de não ser bonito o suficiente para que uma mulher quisesse sonhar com ele de livre e espontânea vontade, exceto em pesadelos febris.

Tinha muita coisa na cabeça e um coração tímido. Em princípio, um que só conseguia ser incendiado de um único jeito: por meio de discussões do mais alto nível, travadas com as mais nobres armas.

E então ele havia se escondido ali, em vez de ir ao encontro de seu verdadeiro amor, que agora, provavelmente neste exato instante, pela ducentésima milésima vez, arrumava a mesa sozinha, erguia a taça sozinha, brindava a um homem invisível que imaginava estar sentado na outra ponta da mesa que ela havia posto para ele. O homem para quem se arrumava, para quem cozinhava, para quem mais tarde colocaria um tango e leria algo de seu novo livro favorito de Simone Weil. Que nunca hesitaria, com todo o seu conhecimento e seu repertório vocabular, em se lançar numa discussão acalorada sobre tudo.

Mas o simplório infeliz e abandonado em si mesmo ficava ali sentado, elaborando um conjunto emaranhado de letras estéticas.

Você acha que eu estou um pouco tenso demais?

E como!

* * *

Todas as manhãs, Finkielkraut escrevia enquanto esperava por Francis, para com ele desfrutar de uma ou outra sobremesa cremosa de sua preferência e ler para o amigo algo de sua *oeuvre*.

— Muito bom! — Francis sempre elogiava.

O homem acabou lendo Sartre e Kant.

E, nos últimos tempos, Júlio Verne, o qual claramente preferia.

Naquela manhã, quando Jean Finkielkraut quase desvendou a verdade sobre o amor, o brilho e o segredo mais secreto, ele colocou o seguinte no papel, com a ajuda de sua máquina de escrever portátil:

...assim, entre campos de lavanda, olivais e currais de cabras, junto à lareira ou na casinha atrás dos galinheiros, lia-se Papillon, Claudine *e* Bom dia, tristeza.

A vida no vale de Nyons, entre oliveiras, damasqueiros e lavandas, havia se suavizado com a Biblioteca Itinerante Philis, do ex-coletor e distribuidor de velharias Francis Meurienne. De repente, havia mil palavras novas para as pessoas sussurrarem entre si no cair da noite, e elas primeiro procuravam as mãos e depois a boca umas das outras. Confissões foram embrulhadas em novos vocábulos, cartas foram redigidas, planos foram feitos: o mar de livros em que a biblioteca itinerante nos deixou mergulhar nos levou a margens desconhecidas de nós mesmos...

— Ai, droga — disse a musa ao seu lado. Ela sem querer tinha deixado cair uma bomba de metáforas no manuscrito dele.

...somente aqueles que não tinham ninguém deixavam os livros de lado. Um vazio ardia em seu peito e, então, lentamente, de cada um daqueles quartos, um fio de saudade, desejo e anseio se erguia no céu noturno; ele brilhava e doía muito.

— Onde está você? — sussurrava o fio.

Esse "Onde está você?" era levado pelo vento, sobre as cordilheiras, e lá o Mistral o pegava com uma mão poderosa e o soprava para longe.

Onde está você, uma voz de repente perguntava em nossos ouvidos, uma voz que vinha pairando de algum lugar, que não se ouvia, apenas se sentia. Talvez como uma batida no coração, talvez como um ardor no peito.

Perfeito! E agora um pouco de rosé.

Jean Finkielkraut estava extremamente satisfeito consigo mesmo.

Já eu não estava nem um pouco.

20

A musa de Jean Finkielkraut vai ao cinema

Inclinei-me sobre o ombro de Finkielkraut e reli o que ele havia acabado de escrever.

Céus!

Aquilo não era bom, não era nada bom.

Em primeiro lugar, esse escritor não havia percebido que, por meio da intuição, estava escrevendo sobre si mesmo, sobre os anseios que ignorava e sobre a voz da amada distante que ele não conhecia.

Quem foi mesmo que disse: O amor é cego?

(Platão, querido, Platão, sussurrou a Sabedoria.)

Ah, é? Que calúnia impertinente. Tudo bem que algumas pessoas conseguem se arrastar pela própria existência, completamente cegas e surdas sem mim. Sou só eu que posso fazê-las enxergar, porque só quem ama consegue ver com clareza o lado verdadeiramente belo do outro, pois isto não é visto com os olhos, e sim com um órgão completamente diferente que não consta em nenhum atlas de anatomia convencional.

Raios me partam, esse Finkielkraut não poderia escrever sobre isso?

— Devo entender isso como uma incumbência? — perguntou a musa.

— Grrr.

— Estamos um pouco tensos?

— Estamos, sim!

— Quer falar sobre isso?

Musas são criaturas estranhas. Metade espíritos protetores, metade desastres ambulantes. Mostram às pessoas os caminhos cada vez mais ocultos em si mesmas. E, ao mesmo tempo, simplesmente as deixam sozinhas em abismos, cavernas e penhascos, e saem para nadar ou vão ao cinema. Porém, são boas ouvintes.

E já que ela estava ali, eu poderia desabafar. Será que estou tendo uma crise? O que você acha?

☞ O Amor tem uma crise

Tudo começou quando não consegui tocar em Marie-Jeanne e terminou com um escritor qualquer, que sempre foi um dos meus casos mais difíceis, datilografando um texto tão próximo da natureza da minha atividade que isso já se assemelhava a uma desmistificação intencional. E que, além disso, era burro demais para trocar a literatura por um pouco mais de vida, só para variar.

— Ah — falou a musa —, vai ficar tudo bem.

— Você está de brincadeira! Há séculos as coisas só ficam cada vez piores. Sim, era realmente melhor no passado! Eu nunca tinha sido declarado sentimento puro nem salvação glorificada, como sou hoje, neste século terrivelmente sem magia; não, houve tempos gloriosos e verdadeiros em que eu era considerado um dos elementos que serviam de matéria-prima para todas as criações e mudanças: água, fogo, ar, terra, metal, amor e ódio.

— Vejam só! — exclamou a musa.

— É só raciocinar! Sou como as erupções vulcânicas! Como a invenção do fogo, sou absolutamente necessário para o desenvolvimento da civilização e do sentido da vida!

— Entendi. Então você não se sente valorizado o suficiente? Quando foi que as musas se especializaram em psicanálise?

— Havia estudos sobre o elemento associado a cada ser humano e seus pontos fortes e fracos. Na China, ainda hoje se faz essa associação, só que mesmo lá os elementos amor e ódio foram deixados de lado. Não seria bom ter, além do Galo do Fogo, do Cavalo da Terra e do Búfalo D'água, um Porco do Amor?

— Sem dúvida! — A musa se apressou em responder.

Ah, não, é péssimo isso de cair numa categoria de segunda classe só porque incomodo alguns filósofos e algumas pessoas da Igreja, que subestimam de um jeito grosseiro e arrogante meu poder revolucionário, modelador, destrutivo, estimulante e sobrenatural sobre todo o curso da humanidade. Isso também se aplica ao Ódio, mas ele que vá procurar seus próprios advogados de defesa!

— Tenho a sensação de que as pessoas não me levam mais a sério. Mas, não, não quero falar sobre isso.

— Ah — disse a musa. — Podemos apenas fingir que não perguntei nada, então?

* * *

É claro que era verdade o que Finkielkraut, que sabia tanto sobre mim quanto uma cabra sabia sobre Kandinsky, havia escrito. Mas isso não era da conta das pessoas.

— Você poderia queimar isso, por favor? — falei para o escritor, e Finkielkraut piscou algumas vezes, olhou ao redor, perplexo, e bebeu um pouco mais do Bandol rosé.

E agora?

— Posso ajudar em mais alguma coisa, querido? — perguntou a musa, coçando de leve o pescoço de Jean Finkielkraut.

— Você faria a gentileza de deixá-lo queimar esta página e esquecer seu conteúdo?

— E o que eu ganho com isso?

— Paz. Quem sabe o que ele ainda vai inventar sobre as musas.

— Ninguém acredita no que está nos livros.

— A única verdade está nos livros.

— Mas é terrível como não há criatividade na paz! — exclamou a musa.

— Exatamente. Então deixe-o em guerra consigo mesmo e que escreva outra coisa.

— Meu querido — disse a musa —, meu querido, isso é tudo muito complicado para mim.

Ela acariciou os olhos de Finkielkraut e, pouco tempo depois, ele franziu a testa, tirou o papel da máquina, amassou e jogou fora.

A musa foi ao cinema. *O gendarme se casa,* disse ela, cheia de razão.

Vai, vai, pensei.

Mas ela já tinha saído.

Jean Finkielkraut não sabia que havia uma mulher muito perto, tão perto que ele a via em todo dia de feira, uma que comia sozinha todos os dias pensando nele e imaginando-o sentado à mesa com ela, precisamente ele, Jean Finkielkraut, um desconhecido. Bem, se ele soubesse, teria escrito um novo romance. Não o chamaria de *O presente esquecido*, mas sim de *O idiota, recontado*.

Ou teria empacotado sua máquina de escrever portátil, seus lápis favoritos, uma garrafa de vinho, uma cueca e finalmente partido. Partido para a vida.

Não precisaria ir longe.

— O que vou fazer com você — murmurei —, seu traidor do Amor.

É, seria razoável argumentar que eu estava meio desequilibrado.

21

Uma dobra no Tempo e o que nela aconteceu

O Bibibus florescia como uma sorveteria italiana. O louco outono dos livros foi seguido pelo inverno dos livros, e as noites começaram a chegar mais cedo. E não era uma delícia se sentar perto da lareira, sentindo o calor no rosto, o conforto na barriga e a luminosidade às costas enquanto lia um livro? E depois ir para a cama cheio de imagens e cheiros, com os aromas do Extremo Oriente, com as ondas de um mar claro e suave?

A primavera se arrastou, o verão seguinte voltou a fervilhar de calor. O livro de receitas de Elsa foi impresso, e Marie-Jeanne cresceu tão rápido que suas pernas ficaram compridas demais para montar em Fino. Então Francis comprou para ela uma égua dócil em Camarga. Seu nome era Napoléonne.

A partir de então, Marie-Jeanne, a terceira bibliotecária itinerante em treinamento, cavalgava pelas colinas com um suporte especial para livros preso à sela e uma trança agora muito longa e, depois da escola, fazia a entrega dos livros emprestados da biblioteca itinerante.

"*Gardienne des livres*" era como chamavam Marie-Jeanne, pois ela gostava de usar as roupas de trabalho dos cocheiros: calças de couro, uma camisa de cor viva, uma jaqueta preta impermeável, um lenço com nó e um chapéu *Lunel*, como os vaqueiros de Camarga. No rosto queimado de sol de Marie-Jeanne se destacavam seus olhos azuis, claros como o céu. Ela adorava o chapéu, que lhe assentava tão bem na cabeça que ela conseguia se concentrar em seus pensamentos.

Havia muito em que pensar. Era como se ainda faltasse a chave para destrancar o que ela sabia agora do mundo, das pessoas, das coisas, dos livros, da marca de luz — e dos deuses, claro que havia inúmeros deles. Valérie lhe dissera: "Todos os deuses, todos os infernos, todos os céus: tudo está em você." "Ai, minha nossa", interrompera Elsa. "Isso explica muita coisa."

Elsa, sempre com o punho fechado ao lado do prato.

Marie-Jeanne se perguntava por que as pessoas se tornavam como eram. Como mudavam, primeiro muito rapidamente quando jovens e, então, lentamente quando tinham vivido um pouco mais.

Marie-Jeanne pensava no que aconteceria quando fizesse treze anos. Esperava ganhar seu brilho. Ele ainda não havia aparecido. Mas era visível em todos os que tinham, o mais tardar, treze anos.

Em que lugar do seu corpo ele iria surgir? Qual seria a sensação?

Com o decorrer dos anos, ela chegaria à vida adulta, e o que significava ser adulta: saber aquilo que era ocultado das crianças? Ou esquecer o que se sabia quando criança?

Marie-Jeanne cavalgava com Napoléonne pelos caminhos entre as colinas, usados para tocar ovelhas e cabras para cima e para baixo, entre tojos, oliveiras selvagens, carvalhos-trufeiros esquecidos e vinhedos sonhadores abandonados. Também cavalgava todos os dias até as margens do rio Aigues e deixava Napoléonne chapinhar em um ponto raso. A égua agradecia à amiga de duas pernas e soprava suavemente em seu pescoço com narinas macias e felpudas, fazendo Marie-Jeanne rir. Bons dias aqueles.

Ela via nas nuvens a previsão do tempo, e o cheiro da terra lhe dizia se o verão estava próximo. Marie-Jeanne conheceu cabritos montanheses (eles não brilhavam), abutres-fouveiros (que brilhavam) e tímidos gatos selvagens (nem pensar: zero brilho).

E mais um ano de biblioteca itinerante se passou enquanto eu quase me desesperava com a impossibilidade de pôr em Marie-Jeanne a marca prevista.

Luca beijou uma garota chamada Beatrice, e Loulou, um garoto chamado André. Foram beijos secos e inofensivos, que deixaram Loulou e Luca meio perplexos, meio aliviados. Tudo foi muito fácil, e não tão extremamente difícil quanto com...

— Não teria funcionado nada entre mim e o Luca — comentou Loulou.

— Não teria dado em nada mesmo, Loulou e eu — disse Luca.

— Além disso, não penso mais nele — confessou Loulou.

— Além disso, não penso mais nela — garantiu Luca.

— Nem um pouco — disseram os dois.

Sacudir. Minha vontade era de sacudir os dois.

— A minha também, mas isso é totalmente ilógico — disse a Lógica. Pensamos em comemorar essa rara concordância, mas não chegamos a um acordo sobre como fazer isso, e, mais uma vez, nos separamos desanimados.

— É um absurdo o que essas crianças estão fazendo — disse a oliveira, mas apenas um abutre-fouveiro ouviu e não deu a mínima.

Aqueles foram os anos em que Jacques Chirac se tornou primeiro-ministro, Marcel Pagnol morreu e os campos de lavanda ficaram de luto. Na televisão — três canais, e era preciso conquistar a simpatia de um vizinho para conseguir assistir a ela —, no programa *Apostrophes*, Bernard Pivot conversava sobre livros, e também sobre vinho, com autores e autoras. A maneira como valorizava todos os livros igualmente, fossem eles de jardinagem, romances contemporâneos, tratados filosóficos ou histórias de amor de piratas, contagiava a nação. Logo se tornou tão natural falar de novidades literárias quanto do Tour de France, do clima ou "daqueles lá em cima", que faziam uma política estranha aos olhos de "nós aqui embaixo". Os livros não eram reservados para uma elite burguesa, eram um bem comum, e no cabeleireiro ou na feira a frase "Você leu o livro novo de..." era tão natural quanto "Esse clima está acabando com minhas pernas".

* * *

Em 1971, Marie-Jeanne completou treze anos. Na véspera de seu aniversário, ela ficou olhando sob as cobertas para ver se o brilho já tinha aparecido. Ela se levantou e parou diante do pequeno espelho montado sobre a pia. Em seu primeiro ano de aula, conseguia se ver perfeitamente nele, agora só conseguia ver o umbigo. Ela se contorceu, se dobrou toda, verificando até a parte de trás dos cotovelos.

Nada.

Sem brilho.

Estava cada vez mais alerta. Mil engrenagens ecoavam na sua cabeça, girando devagar com um ruído cada vez mais alto.

Talvez só aparecesse enquanto dormia?

— É. Muito engraçado isso — disse ela em voz alta.

E se pedisse a Elsa que a acertasse com uma colher de pau?

Ela tentou girar os globos oculares sob as pálpebras, mas eles voltavam por conta própria à posição inicial. Então Marie-Jeanne pensou em Valérie e em como ela nunca tinha dito com quem havia morado, em como Loulou se cansara das discussões com Luca, que nunca deram em nada, até que ela decidira amar outro, aquele... ora, que importância tinha o nome dele? Marie-Jeanne refletiu que tanto Luca quanto Loulou insistiam que não se importavam um com o outro, não davam a mínima, nem queriam saber. Mas, em primeiro lugar: era possível decidir assim o amor, com tanta facilidade? E, em segundo lugar: era possível...

Por fim, adormeceu.

Mesmo antes de abrir os olhos sete horas depois, ela pensou no brilho.

E levantou as cobertas!

22
Uma garota sobe a montanha

Nada.

Descalça diante do espelho, ela se virou e investigou cada pedaço de pele: nada também.

Quando Elsa trouxe um bolo para Marie-Jeanne, uma *tarte tatin* invertida com maçãs reineta — bem, nada aconteceu também.

E quando Francis deu a Marie um canivete, um Laguiole com cabo de dente de mamute — "Um ferreiro de dezesseis anos foi quem criou o Laguiole original, imagine só!" —, nada.

Absolutamente nada, *nichts*, *rien*, *niente*, havia acontecido naquela manhã de fim de março; quem sabe, talvez ela tenha sido esquecida, ou foi exatamente como o *prêtre* tinha insinuado: a iluminação não estava destinada a todos, e agora Marie-Jeanne era o monstro descalço.

Uma pequena vibração começou no fundo de seu estômago, tão pequena quanto um pardal. Vibrou com tanta veemência que Marie-Jeanne nem conseguiu soprar as velas, pois o pardal foi crescendo cada vez mais, e não deixava espaço para respirar.

Eu estava diante dela e ainda não conseguia tocá-la.

Era desesperador.

— Você está bem? — perguntou Francis.
— Não tenho certeza se existo de verdade.
— Ora, ora. Logo você será adulta.

Pela primeira vez, Elsa não olhava para Marie-Jeanne com a rabugice de sempre.

— A criança vai, o adulto vem. Na maioria das vezes, nesse intervalo, você se sente ausente. Tem alguma dúvida sobre isso? Ou sobre outros assuntos que... que tenham a ver com se tornar mulher?

— Melhor não — disse Marie-Jeanne.

— Graças a Deus — murmurou Francis.

— Ou... tenho!

— Ah, é? Então vou dar uma olhada no cavalo.

Francis fugiu.

Quando ele se foi, Elsa perguntou:

— O que você queria perguntar?

— Como a gente sabe que virou adulto?

Elsa olhou pela janela. Como se o ar lhe tivesse dito alguma coisa. O ar que não cabia mais dentro de Marie-Jeanne, por mais que ela tentasse.

E, então, Elsa respondeu ao ar:

— Quando você começa a sentir falta dos milagres em que acreditava quando criança.

— Ah — disse Marie-Jeanne. — Isso é...

Praticamente o mais assustador.

Mas o que ela esperava? Que Elsa respondesse: "Ah, é quando surge um pequeno brilho. É tão natural quanto a barba crescer ou a menstruação descer, vem naturalmente, não precisa ficar na expectativa, acontece de qualquer jeito. E, olha, ele já não está bem em cima de sua pálpebra? Não é à toa que você não conseguiu encontrar o brilho ainda."

— Marie-Jeanne?

— Sim?

— Não tenha medo. Tudo vai se encaixar. Você também.

Elsa acariciou suavemente o rosto de Marie-Jeanne.

Então mudou de ideia e deu um tapinha na bochecha dela.

— E ai de você se antes disso eu te pegar com algum garoto nas palhas do celeiro ou em algum outro lugar onde não possa ser vista, entendeu?

Dedo em riste.

Rá, rá, rá, pensou Marie-Jeanne. Muito engraçado. Se fosse como ela temia, seria mais provável que passasse a vida com um bando de gatos nas palhas.

Tentou inspirar para combater a falta de ar. Foi difícil, para ela, se vestir, e para que mesmo precisava se vestir?

Ela era esperada na escola. Nos aniversários, botavam uma vela na carteira, e todos se levantavam e cantavam parabéns.

Um horror.

Ela não queria que ninguém cantasse nada. Não queria ficar diante de um grupo de garotos e garotas de treze e catorze anos com fogos de artifício nos dedos dos pés, nos cabelos e nas unhas roídas dos polegares.

Ela queria ser como todo mundo.

Também queria brilhar.

Marie-Jeanne selou Napoléonne e decidiu não ir à escola e não contar a ninguém sobre essa decisão, exceto a Miez, Mau e Moo, e a Tictac.

— De acordo — disseram os gatos e seguiram seu caminho. Tictac aprovou a decisão com um resoluto abanar de rabo.

Marie cavalgou pelos caminhos tortuosos e silenciosos até a *mazet* de Aimée Claudel. Não queria que ninguém a visse e fizesse perguntas que, hoje, ela não seria capaz de responder com diplomacia.

Eu a segui porque precisava esclarecer algo: por que eu não conseguia marcar essa criança humana?

— Preciso te perguntar uma coisa! — gritou Marie-Jeanne ao longe, na direção da oliveira.

Opa, pensou o velho colosso. Então é hoje. Ela tinha medo de que esse dia chegasse, mas sabia que chegaria de qualquer maneira, com ou sem medo.

Ela saltou e acariciou as costas da árvore por hábito.

— Hoje é meu décimo terceiro aniversário.
— Que bom que você existe.
— É — disse Marie-Jeanne.
— E o que queria perguntar?
(Lembrando que a oliveira só conseguia responder à pergunta certa; não conseguia simplesmente sair revelando as verdades mais importantes. O que, às vezes, era um pouco complicado no caso de conversas importantes.)
— O brilho é de verdade?
— O que você acha?
— Sim!
— Então é.
— E se eu tivesse respondido "não"?
— Então seria isso também.
— Não pode depender só de mim o fato de as pessoas que têm brilho brilharem.
— Eles brilham aos seus olhos, Marie-Jeanne. É tudo o que posso dizer sobre o assunto. Você é o elemento que pode querer começar alguma coisa a partir disso ou não.
— Não sou muito boa em começar coisas. Nem sei exatamente do que se trata. Se estou apenas inventando algo para me sentir importante. Talvez eu seja louca e ninguém tenha me contado. Talvez eu tenha caído do cavalo e esteja deitada em um quarto esquecido no fim de um corredor e nunca desperte desse sonho que eu acredito ser a minha vida.
— Esqueça isso.
— Mas, olhe para mim: *você* vê alguma coisa em mim?
— Vejo muito — respondeu a árvore. — Generosidade. Altruísmo. Empatia. Coragem. Vejo uma pessoa extraordinária. Gostaria de poder acompanhá-la por toda a sua vida e ver quem você vai se tornar. Mas tenho que ficar aqui. E me dói quando você está triste. Mas então eu penso em *você*, e não se esqueça disso: eu penso em você quando está triste. E nessa hora estarei com você.

Ela abraçou a árvore. Chorou baixinho, e a oliveira praguejou, pois era apenas uma árvore e não tinha braços para envolvê-la num abraço.

— O que devo fazer agora? — perguntou Marie-Jeanne.

A isso ela poderia responder. Pelo menos isso.

— Suba até a montanha mais alta e espere pela noite. Então você vai entender tudo.

Agora ela apenas farfalhava, por mais que Marie-Jeanne lhe implorasse para pelo menos lhe dizer se era a montanha mais alta da região, do mundo, dos Alpes ou de outro lugar.

* * *

Antes de se perguntar se estava falando com uma oliveira ou só consigo mesma, Marie-Jeanne assoou o nariz e abriu de forma decidida um mapa que encontrara na casa da avó.

A montanha mais alta nas redondezas era a Montagne de la Lance, com 1.340 metros, seguida pelo Mont Ventoux, com 1.912 metros. Dos Alpes ela se ocuparia depois.

— Muito bem — disse ela, empacotando tudo de que precisava para essa viagem ao redor do mundo, da qual planejava retornar por volta da meia-noite, a tempo de se preparar para tomar uns safanões de Elsa.

Conduziu Napoléonne em direção ao céu.

Quando Marie-Jeanne chegou à Lance, viu a Drôme, a Provence e as colinas, cordilheiras, picos e rochas mais abaixo. Ela apeou, deixou Napoléonne pastar algumas ervas selvagens e começou a girar. No cume, a Lance tinha apenas pequenos pinheiros e pedras soltas empurradas pelo vento. Conforme ela girava cada vez mais rápido com os braços esticados, era como se as ondulações de pedra das montanhas começassem a se encrespar como ondas. Como se fosse um mar em terra.

— E agora? — perguntou Marie-Jeanne à égua.

Crunch, crunch, ruminava Napoléonne.

— Exatamente. Agora, vamos esperar pela noite.

Marie-Jeanne desencilhou a égua, enrolou-se num cobertor e se encostou na sela até a terra finalmente rodar e o horizonte ficar mais alto que o sol. A região parecia polvilhada com um brilho fino de vermelho-dourado.

Então, veio o azul-escuro — e, por fim, a noite.

Marie-Jeanne esperou.

Seria a montanha certa?

Por que ela estava seguindo as instruções de uma oliveira que provavelmente ninguém, exceto ela, conseguia entender, mesmo que os antigos às vezes dissessem que "Um olival é a biblioteca da vida"?

Mas isso era o que diziam quando queriam uma folga da família, da vida cotidiana e das preocupações incômodas na cabeça, então se retiravam para o silêncio de um bosque com uma garrafa de Château de Qualquer-Coisa e espreitavam as melodias de suas irmãs aladas, as cigarras.

O vento esfriou, as estrelas apareceram.

E Marie-Jeanne continuou a esperar.

23
O mistério das luzes do sul

O vento noturno entrava pelas cobertas de Marie-Jeanne, fazendo-a tremer com seu toque frio. Napoléonne deitou-se um pouco desajeitada, e Marie-Jeanne aproximou-se do corpo grande, quente e resfolegante do animal branco como a espuma do mar.

Fechava os olhos. E os abria.

O mundo abaixo dela estava muito silencioso.

A solidão começou.

A quietude do sono, quando Morfeu pousa sua grande mão sobre os olhos das pessoas; mas algumas não conseguem fechá-los.

Porque há uma coisa sendo puxada de dentro delas.

E essa coisa vira uma faísca, uma luz, e ela se desprende com suavidade do crepúsculo do adormecer e escapa para o silêncio da noite.

Marie-Jeanne esperava.

Observava.

Chorou um pouco e, então, porque algo dentro dela já começava a deslizar lentamente para uma visão ainda indescritível, uma submissão, ela parou de chorar.

Sentei-me ao seu lado e quis segurar a sua mão. A mão queimada de sol e as unhas rosadas. Eu teria adorado lhe dizer como ela era especial. Para as pessoas que a conheciam, que sempre se sentiam melhores depois de a conhecerem.

E enquanto eu discutia comigo mesmo e Marie-Jeanne enxugava energicamente os vestígios de lágrimas de seu rosto bondoso: elas chegaram.

Pois, no meio de tudo, sempre há espaço para o maravilhoso, e às vezes exatamente onde há escuridão.

Por todo canto, nas encostas do sul, perto do mar, minúsculos pontos de luz abriam buracos na noite escura.

Luzes que haviam sido acesas em quartos e casas distantes?

Sim. De certa forma, só que não se desprendiam dos abajures e castiçais para o tecido da noite, e sim saíam do peito, dos lóbulos das orelhas, dos dedos e dos ombros e percorriam sua longa jornada.

As finíssimas luzes tecidas flutuavam para cima em seu fio delicado. Vinham primeiro do sul e depois se elevavam em todos os vales. Cada vez mais altas até as estrelas.

— Napoléonne — sussurrou Marie-Jeanne. — Você está vendo isso?

Resfolegar. Meneio de cabeça.

Quatro olhos na Lance.

Quatro olhos e eu, o estúpido Amor.

E lá embaixo luzes que subiam, lanternas, estrelas que, depois da visita à terra, depressa, depressa!, se elevavam, se estendiam, virando fios tão delicados, tão poderosos...

Brilhavam.

Quando atingido por uma rajada de vento, o fio parecia se esgarçar, as luzes rodopiavam, se dissipavam. Eram levadas para o mar ou para as montanhas, avançavam rio acima em redemoinhos ou subiam cada vez mais alto e desapareciam no brilho das estrelas, se multiplicavam e faziam todo o céu cintilar.

Marie-Jeanne se levantou. Abriu os braços, virou-se e as viu em todos os lugares.

Em toda parte, o brilho.

Fios que se estendiam para lá e para cá, sobre todos os picos e o horizonte, cobriam tudo.

Oh! Uma luz havia subido até o topo da Lance. Tinha sido soprada pelo vento, que a deixou cair e dançar em círculos cada vez menores até chegar bem perto de Marie-Jeanne.

Uma luz penetrante e suplicante.

Marie-Jeanne esticou o braço. Virou a mão para cima e a abriu, como se quisesse atrair um passarinho, e, depois de alguma hesitação, a pequena luz do sul se acomodou exausta em sua palma.

Marie-Jeanne inclinou-se para a frente com cuidado, puxou o cobertor sobre a cabeça e, nesse momento, segurou a luz do sul com as duas mãos, uma gota de eternidade na concha de seus dedos.

Ela fechou os olhos e ouviu.

Você vai me achar linda. Os meus olhos. O jeito como olho para você. Vai me achar bonita quando eu pousar minha mão na sua enquanto dorme.

Onde está você?

Como você era quando jovem? Quantos anos se passaram? Você ainda consegue sentir, com medo e um frio na barriga e as luzes das primeiras noites em seus olhos, quando, de repente, chega a saudade por alguém que você não conhece?

Você já esteve no mar como eu?

Onde estava quando o Amor enfeitiçou você?

Onde você está? E vai me encontrar?

A luz elevou-se da mão dela e flutuou para longe.

Marie-Jeanne passou a noite inteira na montanha. Ela observava os pontinhos e fiozinhos de luz, e sabia que se tratava do brilho que saía da boca e dos ombros, dos dedos do pé e dos cabelos, do quarto botão da camisa, em busca daquele ao qual estava ligado.

Ao amanhecer elas regressariam. E iriam se enrolar sob o coração. Ali onde lhe doía, por sentir nesse lugar um vazio.

Preenchido pela dor dos que se procuravam.

Luzes do Sul. Assim chamaria esses códigos Morse do desejo e da conexão que esse desejo tinha com sua contraparte desconhecida — se pudesse encontrá-la ou pelo menos soubesse onde procurar!

Marie-Jeanne recitou bem baixinho o verso que copiara daquele belo livro antigo de Madame Brillant. Mil anos atrás, era o que parecia, quando era apenas uma criança.
Não fazia nem uma hora que deixara de ser.

No minuto em que ouvi minha primeira
história de amor, comecei a procurar você.
Não sabia como estava cego.
Os amantes não se encontram
em lugar algum, em momento algum.
Sempre estiveram um dentro do outro.

Marie-Jeanne juntou o que sabia, aquilo em que acreditava e, no fim, restou uma pergunta.
— E quanto a mim?

Quando a noite se levantou e deu lugar ao dia, e as luzes regressaram aos corpos sonhadores que abririam os olhos a qualquer momento, com um tormento indefinido logo abaixo do coração, Marie-Jeanne voltou trotando para casa devagar.
Bem devagar.
Marie-Jeanne estava com medo da resposta à sua pergunta.

Eu queria pedir perdão a Marie-Jeanne.
Talvez a vida fosse melhor sem mim.
Sem o Amor.
As pessoas gostariam umas das outras, nada mais, tudo seria fácil, seria possível viverem juntas ou não, e não seria necessário suportar a dor de um amor não correspondido, de um amor que se vai. Todas as dores que um coração sente ao esbarrar num nome, numa marca de carro, num perfume, no riso do outro. Na tranquilidade antes de adormecer, quando vem a enxurrada da saudade, no despertar: mais um dia sem ele. Mais um dia sem ela. Desperdício de vida.

☞ E então chegou o outro dia que a oliveira temia ainda mais

— Eu não possuo nenhuma luz do sul — disse Marie-Jeanne para a árvore. Ela ainda não tinha descido da égua, e a árvore jamais vira o rosto da garota tão de perto, tão próximo da copa prateada.

A oliveira viu um brilho nos olhos dela, mas não aquele que tanto desejava. Era sua visão do mundo.

Marie-Jeanne era quase como o próprio Amor; como eu, ela via o essencial em cada pessoa, em cada coisa, mas claro que ela não era como eu — ela não era uma deusa nem um elemento, era uma jovem que conseguia ver o Amor. Conseguia ver as luzes do sul e a angústia dos solitários.

O que a árvore deveria dizer? Nunca tinha mentido para Marie e não começaria agora.

Então ficou em silêncio.

— Mas e se eu não tiver. E, como receio, se nunca receber uma, como alguém vai me encontrar? A quem vou pertencer um dia? Quem vou amar se não houver ninguém para mim? Ninguém me ama, então, em nenhum lugar do mundo? Não há ninguém que seja meu?

— Isso mesmo — disse a árvore.

Marie-Jeanne baixou a cabeça.

— Tudo bem — disse ela, então.

E repetiu:

— Está tudo bem.

Não estava nada bem, por que ela disse isso?

Aquele ser corajoso que enfrentava o mundo com tanta bondade e respeito, com tanta compaixão e felicidade.

A garota quase mulher chamada Marie-Jeanne Claudel não olhava mais para a árvore, e sim para algum lugar, ao longe, para o nada, e, em seguida, disse Marie-Jeanne Claudel — uma diferente daquela que era antes daquela noite; alguém que enfrentaria qualquer coisa, mesmo que temesse a série interminável de dias sem esperança de um amor só seu:

— O Amor odeia ser desperdiçado. Ninguém precisa me amar. Mas eu posso amar aqueles que amam. Se é assim, então que assim seja. A vida só tem o sentido que se dá a ela.

Cobri meu rosto com as mãos para não ver o dela.

E a árvore também desejou poder fazer mais do que acariciar o rosto da garota com um dedo de luz e sol.

Começou a chover, e a árvore chorou.

24
Marie-Jeanne se entrega à sua vocação

— Onde você esteve?

— Por aí.

— E o que fez por aí?

— Nada.

— Ficamos muito preocupados com você, sabia?

— Sim. Mas não fiquei muito tempo pensando nisso, nem com muitos detalhes.

Como Elsa não sabia se dizia, "Ah, é? E o que a Mademoiselle teve que fazer com tanta urgência, por quase dois dias, hein?", ou "Quem é você, garota estranha de trança?", ou "Isso não importa, o que importa é que você está de volta e inteira, toma aqui, um naco de queijo fedido, quer bater um papo com ele e a tábua de queijo?", ficou em silêncio e voltou a se sentar, impotente.

Elsa e Francis haviam passado por um inferno.

E, de modo totalmente inesperado, encontraram nesse inferno um pequeno paraíso quando Elsa disse, às lágrimas, que Marie-Jeanne era a coisa mais linda da sua vida, e que não estava pronta para perder essa beleza, e que provavelmente nunca estaria pronta para isso, e que, mesmo não sendo a *maman* de Marie-Jeanne, ela bem que gostaria de ser, porque tudo o que havia de melhor nela estava em Marie-Jeanne, mesmo que esse "tudo" provavelmente fosse minúsculo, menor que uma azeitona. E Francis abraçou Elsa, e ela se deixou abraçar.

O paraíso durou cerca de cinco minutos, e então Elsa voltou a ser aquela velha ranzinza de sempre.

E enquanto os dois falavam com Marie-Jeanne — Elsa, muito alto, Francis, muito baixinho —, Marie-Jeanne ficou perdida em pensamentos, como se estivesse debaixo da água, bem no fundo, e como se aquelas duas pessoas tão familiares fossem barcos distantes, cujas quilhas ela via deslizar silenciosamente acima da sua cabeça.

Estava ali sentada na cozinha observando as brilhantes luzes do sul e sua ligação entre Francis e Elsa. Estavam se revelando com mais clareza do que nunca. Emanavam da boca em formato de barquinho de Francis e dos dedos hábeis de Elsa, faiscando e cintilando.

Quando Elsa reclamou com Francis sobre a falta de rigor paterno ("Ora essa, diga alguma coisa!"), o brilho dela ficou mais forte.

Os brilhos deles não param de se entrelaçar, pensou Marie-Jeanne, e os dois nem percebem.

Não pôde deixar de sorrir; era tão bonito.

Marie-Jeanne sabia: se um dia Francis tivesse a ideia maluca de beijar as mãos da esposa, dedo por dedo de suas mãos trabalhadeiras, ansiosas, desejosas de colocar todo o seu amor em criar coisas, ele provavelmente vivenciaria algo com que não contava havia tempos.

Mas uma coisa de cada vez.

Os dois falavam, e Marie-Jeanne flutuava num oceano de pensamentos. Afundava cada vez mais.

Dormir sozinha pelo resto da vida. Tocar meu rosto sozinha pelo resto da vida.

Ela estava com medo.

Mas talvez essa fosse a sua missão. Fazer com que duas pessoas que se amam sem saber passem a se enxergar.

Marie-Jeanne suspirou longa e profundamente.

As coisas são como são.

Para um pássaro aprender a voar, primeiro ele tem que cair.

— *Petitpa* — disse ela —, posso assumir os dias de feira em Nyons com o Bibibus?

Francis fez que sim com a cabeça. E com um certo alívio por ela ainda estar falando. Depois da última meia hora que parecera uma odisseia interminável num mar de silêncio, ele teria dito sim para qualquer coisa.

☞ A vocação

Pessoas que escrevem profissionalmente sabem disso. Quando estão muito quietas, muito calmas, ouvem um chamado interno. Uma história. Ou a cena de uma história. Ou apenas um estranho e vago "pode ser que haja uma história escondida atrás de um vidro fosco". E então elas atendem ao chamado. Elas se sentam e tentam arrancar essa história que grita e clama por amor. E não param, não importa quanto tempo leve e quantas vezes parem de ouvir o que vem de dentro, por não conseguirem ser hostis o suficiente com o mundo ruidoso para ouvirem a si mesmas direito.

Marie-Jeanne tinha ouvido algo dentro de si.
E respondeu ao chamado.
Talvez rápido demais.
Talvez não.
Talvez tenha entendido mal a voz, ou talvez essa voz tenha murmurado algo de um jeito difícil de entender.

* * *

Assim, nas férias de verão, Marie-Jeanne assumiu os dias de feira do Bibibus em Nyons, na praça das arcadas, com Napoléonne (esta sob um guarda-sol), e ficava ali com a biblioteca itinerante das sete da manhã à uma da tarde. Tinha um plano, em cujas incertezas não queria pensar, pois eram muitas. Melhor um problema de cada vez, não todos de uma vez.

A propósito, ela se posicionava entre cerca de setecentas variedades de tomates coloridos, damascos, cerejas, morangos, alface-de-cordeiro, *saucisses secs* cobertas por uma camada de roquefort saboroso, queijos envelhecidos, ovos recém-saídos do ninho e tigelas de madeira com azeitonas.

Pois os livros pertencem a esse lugar; a pergunta que as pessoas deveriam fazer é: como um alimento básico como esse, que é a literatura, pode ser separado dos outros alimentos?

Madame Chatelet, que era tão orgulhosa quanto viciada em livros, agora tratava Marie-Jeanne com a mesma gentileza e cerimônia que dispensava a todos, e não dava nenhuma pinta de que sua vassoura e o traseiro de Marie-Jeanne tinham tido um encontro desagradável três anos atrás.

Na maioria das vezes, pegava emprestado um livro de Simone Weil (obviamente), mas até agora não tinha feito o favor de deixar que sua luz do sul se soltasse na presença de Marie-Jeanne.

Quem sabe: será que só aparecia quando sua contraparte estava por perto?

Mas e se a luz levasse a alguém em Paris? Ou em Buenos Aires (o que era mais provável, pois foi onde o tango nasceu)? Como conseguiria segui-la? E convencer a pessoa a embarcar num navio para visitar aquele vale esquecido da Drôme?

Mas tudo bem. Um problema de cada vez.

Quando Madame Chatelet foi deixando o local naquele dia, Marie--Jeanne viu seu brilho começar a pulsar suavemente.

E então ele se soltou.

Sua luz do sul!

Napoléonne bufou.

— Shh — disse Marie-Jeanne. — E, por favor, não fique olhando para ela assim.

A égua e a garota ficaram assistindo de soslaio a tudo o que estava acontecendo.

O fio estremeceu por um instant, então se alongou, enrolou-se no plátano no meio da praça da feira, e muito delicadamente, *subrepticement,* serpenteou pelo chão até a barraca de queijos do velho Maurice

Poulard. Aquele que formulou a analogia com limoeiros, Champs-
-Élysées, livros e filhas e não avançou muito no assunto.
　Seria ele...
　Não, Maurice Poulard, não.
　Lá estava: Jean Finkielkraut.
　A luz na testa dele se ergueu num fio e as duas se entrelaçaram.
　— Sem essa de Buenos Aires — murmurou Marie-Jeanne.
　Eram Géraldine Chatelet e Jean Finkielkraut.
　Duas luzes do sul haviam se encontrado.
　Agora só faltava seus donos se darem conta disso.

25
A impossibilidade do amor no primeiro encontro

Muito bem. Neste momento crucial, podemos relatar brevemente algo sobre Jean Finkielkraut, então curvado sobre queijos de cabra nos mais variados graus de maturação, enquanto o amor da sua vida passava por ele sem ser visto, com uma cesta de compras na mão.

Jean Finkielkraut havia escrito um "romance provinciano" bastante aclamado, como noticiou o jornal *Le Figaro*: "*O presente esquecido* não nos fala sobre o mundo, mas aponta para ele como uma criança velha que o enxerga de verdade pela primeira vez."

É sabido que os cadernos de cultura adoram falar bonito.

O presente esquecido deu à região um certo destaque e glorificou a vida no campo. O que, por sua vez, garantiu o aumento de turistas e, com ele, o aumento de casas de veraneio e de pessoas na feira, todos um pouco nostálgicos e exaltando qualquer coisa que reconhecessem da infância ou de seus dias com seus avós, como se voltassem da guerra.

Mas Madame Chatelet e Monsieur Finkielkraut não se viam, sempre passavam um pelo outro na praça da feira de Nyons quando o outro tinha acabado de se virar.

Era enlouquecedor!

Quem sabe: se tivessem se olhado nos olhos, suas vidas teriam dado uma reviravolta? Claro que não. Depois do décimo terceiro aniversário, as pessoas não se dispõem mais a acreditar em milagres.

E muito menos em amor à primeira vista. Se bem que, na verdade, isso deveria se chamar:

☞ **Sobre o momento em que duas pessoas que estão ligadas há muito tempo se encontram pela primeira vez**

Um homem e uma mulher estão andando na mesma rua (ou um homem e um homem, uma mulher e uma mulher, um cavalo-marinho e um hipopótamo...): um vem do sul, o outro do norte, na mesma calçada. Quando se veem, talvez a quinze ou vinte metros de distância, tudo começa. Os olhares se cruzam, se sustentam por um tempo além do normal, talvez abram um sorriso, tenham uma reação qualquer, uma conversa de olhares. Eles se aproximam.

Os corpos atravessam a aura um do outro.

Eles se olham sem dizer uma palavra.

A onda de choque.

De estarem tão próximos, tão desconhecidos e tão próximos, um reencontro tão próximo.

De repente, a sensação:

É isso.

É ele.

É ela.

E então seguem seu caminho.

Mas, como a sensação absurda, fabulosa e única de ter acabado de conhecer *aquele* outro não acaba, como a onda de choque não diminui perto daquele corpo — que já sabe como é o seu abraço, mas como isso é possível? —, a pessoa se vira. Só que a outra não. Porque simplesmente está pensando que não pode ser — afinal, ela já está apaixonada, mesmo que: seja por alguém impossível/não seja tão infeliz no casamento assim/ esteja apenas indo fazer compras.

E o que se deve fazer? Virar, correr de volta, segurar aquela mão, ir para um hotel, saborear um ao outro, festejar terem se reencontrado sem terem se procurado, recobrar o fôlego, olhar um para o outro e pensar: meu Deus, imagine só se tivéssemos seguido o nosso caminho?

Não é possível.

Se você ainda não percebeu que isso pode muito bem acontecer, então eu nem sei o que dizer.

Ou aquele outro momento. Quando casais que se amam brincam daquele adorável joguinho do "Você se lembra?" ("Pois bem, eu nem queria ir à festa, mas a Monique, que só estava na minha casa porque alguém tinha atropelado o dedão do pe dela na semana anterior com um carrinho de compras, imagine só! Ela morava num bairro onde nem o motorista do ônibus gostava de parar, mas a padaria do bairro estava fechada porque alguém tinha morrido, e ela queria muito uma torta de maçã com canela... Enfim, Monique disse: Vá lá e mande lembranças minhas. E lá estava eu, e foi assim que começamos, imagine, quando, na verdade, eu só queria ir dormir cedo naquela noite e comer um cupcake e me perguntar por que ainda morava sozinho.") e enumeram tudo o que teve de acontecer para que se encontrassem, e se, oh!, apenas uma coisinha tivesse dado errado (nenhuma morte na padaria da Monique, ou o cara que atropelou o pé dela estivesse com uma cesta de compras em vez de um carrinho, e assim por diante), então eles teriam simplesmente passado um pelo outro.

Por quê? Porque organizar todas essas pequenas coisas é realmente um trabalho de tempo integral. E o Destino faz o que pode, mas às vezes, não, não é a sorte ou sequer uma escritora.

Ah, e amor à primeira vista, na verdade, nada mais é do que amor ao primeiro encontro.

* * *

Marie-Jeanne passou da perplexidade ao pragmatismo. Que havia entrado na vida de Marie por conselho da Lógica, que despejou uma onda de determinação e direcionamento sobre Marie-Jeanne e foi embora antes que a oliveira pudesse sequer começar a dizer:

— Hum, espere um momentinho, tem uma coisa que você deveria saber antes... ah, tudo bem. Tarde demais.

O que ela poderia fazer, um projeto de mulher com uma trança comprida?

— *Bonjour,* Madame, posso apresentá-la ao homem que mora na sua cabeça e para quem a senhora cozinha e com quem fala sobre livros há provavelmente dez anos? *Voilà,* aqui está ele.

Por que não? Por que tornar as coisas mais complicadas do que já eram?

Marie-Jeanne estava prestes a correr atrás de Madame Chatelet quando lhe ocorreu: não, melhor não. Tinha medo de Madame Chatelet não acreditar nela, por mais aberta que estivesse a ideias originais.

Marie observava os dois: Géraldine pediu para pesar azeitonas, Jean procurava um queijo de *chèvre*... Como seria fácil simplesmente colocar os dois juntos no mesmo prato.

Marie-Jeanne sentiu o ranger da porta do tempo, prestes a se fechar, apenas mais uma ou duas voltas do coração...

Pensamentos tão rápidos quanto pedrinhas a resvalar na água.

Então... a ideia.

— *Bonjour,* Monsieur Finkielkraut!

— Marie-Jeanne! Quase não a reconheci, você cresceu tanto. Seu pai já reparou nisso?

— Acho que não. O senhor poderia lhe contar quando tiver uma oportunidade?

Sorriram um para o outro; Marie-Jeanne sempre gostou do escritor. Ele nunca se dirigia a ela como se estivesse falando com uma criança. E sua teoria da borboleta proporcionou a ela uma viagem incrível através de uma grande variedade de livros.

Ela se inclinou para ele.

— O senhor tinha me pedido que reservasse um livro... de Simone Weil?

— Sim? — respondeu ele, baixinho. — Já está disponível?

— Não. Madame... Géraldine Chatelet ainda está com ele. Devo perguntar a ela quando vai terminar?

— Não, não. Isso seria indelicado. E quem é essa senhora?

Marie-Jeanne apontou para Madame Chatelet. Ela estava parada a alguns metros de distância, os olhos fechados, e cheirava com devoção um melão de Carpentras.

— A Madame lê Weil? — perguntou Jean Finkielkraut depois de um tempo.

— E não só. Todos os existencialistas, os filósofos e as filósofas, militantes, Kant, Sartre, Camus, Beauvoir, Foucault, Nietzsche, Adorno, Kierkegaard...

— Oh...

— Ela tem tempo — disse Marie-Jeanne —, vivendo, assim, sozinha.

— Oh?

— E sabe preparar de cor as receitas do livro de Elsa.

— Oh!

E, então, Marie-Jeanne fez algo que só podia torcer que fosse funcionar.

Ela olhou Jean Finkielkraut nos olhos e pensou o mais alto que pôde: *VOCÊS SE AMAM HÁ ANOS!*

— Ah — disse Jean Finkielkraut depois de um tempo, como se tivesse ficado se perguntando se tinha acabado de ouvir alguma coisa ou apenas imaginado que ouvira.

Algo inédito.

Algo incrível.

Algo impossível.

Vi um solzinho nascer em seu coração.

— Desculpe-me, eu tenho que... — disse ele, seus olhos subitamente distantes, derretendo-se num azul-prateado como o tom desbotado do ponto onde o mar e o céu se encontram. Havia se esquecido completamente de Marie-Jeanne e andava lentamente em direção a Madame Chatelet.

— Por favor, por favor, que tudo corra bem — sussurrou Marie-Jeanne.

Finkielkraut andou ainda mais devagar.

Será que cairia morto nos últimos metros?

— Anda logo!

Pouco antes de o escritor chegar a Madame Chatelet, ele parou.

Vi que o solzinho estava sendo seguido por uma nuvem de tempestade. Preocupação. Medo. A pequena autocensura desagradável que sussurrava para ele: Ah, por favor. Olhe para você. E olhe para ela. Você não se enxerga?

Marie-Jeanne teve a sensação de que, se revirasse mais os olhos, eles lhe saltariam da cabeça. E então...

Sim! Ele estava se deslocando de novo! Até mais rápido. Rumo ao alvo!

Mas, na verdade, Finkielkraut simplesmente passou direto por Madame Chatelet.

Pensou que não faria mal nenhum esperar por um momento melhor.

Marie-Jeanne ficou surpresa demais para pensar em qualquer coisa.

☞ Sobre o idílio enganoso da espera

Esperar. Esperar é provavelmente a promessa mais inacreditável de recompensa por um tempo de separação. Esperar alguém, esperar a ideia, a coragem, o poder de decisão; esperar o Natal, a redenção, a libertação, o divórcio, a morte. Esperar que o outro ligue, se separe, diga as palavras certas, volte. Esperar e ouvir a si mesmo, ou tentar, em pânico, não fazer isso: aceitar o presente exatamente como ele é para não comprometer o futuro. Esperar a sua vez, e isso em todos os aspectos; estar finalmente no início da fila, com sorte, com um quilo de batatas novas, com o amor; e, por vezes, o que é ainda mais enganoso, com a espera humilde e sublime que já não é uma espera, mas uma perfeita porcaria inútil.

Vale a pena saber a diferença.

26

A Noite dos Desejos

Noite de São Lourenço. A Noite dos Desejos, como os antigos chamavam a noite de doze para treze de agosto, quando as Perseidas se derramavam sobre o manto escuro da noite.

As tempestades de estrelas cadentes começavam depois da meia-noite, a uma hora em que as crianças já costumam estar na cama ouvindo a respiração da noite.

Mas, na Noite dos Desejos, todos podiam ficar acordados, toda a aldeia de Nyons. Todos em todos os vales entre as quatro montanhas ficavam acordados e olhavam na mesma direção: para cima, com a cabeça inclinada para trás, no canto mais tranquilo dos jardins. As mulheres ficavam sentadas em cadeiras, as crianças, na grama seca de verão, e os homens, nas sombras mais profundas, como se ninguém devesse ver seus rostos enquanto pensavam em seus desejos.

Marie-Jeanne sentia o cheiro da espirradeira, da buganvília, do jasmim, do alecrim, da sálvia. Ela imaginou Jean Finkielkraut sentado em seu jardim, sozinho, com uma taça de vinho na mão, contando os aromas.

— Tolo — sussurrou ela.

Imaginou Madame Chatelet servindo duas taças e gritando para o céu:

— Há mil vidas desejo um só, então pare de jogar estrelas em mim, não acredito em você!

Madame Chatelet devolvera o livro de Simone Weil, mas Marie-Jeanne ainda não tinha conseguido cavalgar até Jean Finkielkraut para lhe emprestar o livro. Ele simplesmente teria de ir buscá-lo!

Por alguma razão, Marie-Jeanne se sentia pessoalmente ofendida por ele ter perdido a coragem nos últimos metros.

O que tinha de tão difícil em dizer "*Bonjour*, Madame" ou "Posso convidar a senhora para uma xícara de café? Champanhe também, se preferir". Meu Deus, para que o homem lia livros nos quais uma abordagem tão sensata era descrita em detalhes?

Teriam os adultos medo de cometer erros, como se só pudessem cometer um número limitado deles, e, se cometessem um a mais, cairiam mortos do cavalo? Ou o quê?

Para se distrair, Marie-Jeanne imaginou Vida Lagetto sonhando com os olhos abertos virados para o céu, e esperou que Vida estivesse desejando sair mundo afora. Ou Madame Brillant, a calígrafa: será que estava desejando que alguém lhe enviasse o nome num papel?

Pensou em Loulou. Que se tornou mulher tão rapidamente. As pequenas Sylvaine e Madeleine no colo das irmãs mais velhas, Martine e Noëlle. Loulou totalmente exausta e sozinha, em algum lugar no escuro, chorando por dentro. Estaria desejando o que havia muito se proibira de desejar? Que Luca voltasse a olhar para ela com aquele olhar que ela jamais conseguiu explicar, que a deixava furiosa — e causava outra coisa, muito mais silenciosa? Algo que ela só entendia quando estava prestes a adormecer. Algo suave. Sério. Pequeno e precioso.

Apenas uma pequena frase: "Não quero ficar sem ele."

Ui, lá vêm as estrelas cadentes.

Algumas surgiam rapidamente do nada, como num sonho, seu rastro desvanecendo tranquilamente. Outras se demoravam mais. E nunca se sabia onde os cintilantes meteoros verdes apareceriam a seguir; um piscar de olhos e se perdia um, um *étoile flottante,* nascido da espuma de estrelas de Perseu e Cassiopeia.

Elsa inclinou a cabeça para trás, quase sobre o ombro de Francis. Mas apenas quase; ela queria muito, mas, e se ele a repelisse gentilmente, quase de um jeito imperceptível, porém com intenção?

Vocês têm um ao outro, pensou Marie-Jeanne. Vocês têm um ao outro. Não percam um tempo tão precioso!

O que havia de errado com as pessoas, que eram tão covardes, tão medrosas? O que tinham a perder — além do tempo que não passavam juntas?

O céu já brilhava com centenas de perguntas moribundas sobre os desejos do mundo.

Centenas e centenas de respostas flutuavam até elas, dos jardins e dos quartos.

Marie-Jeanne fechou os olhos.

Ela apurou os ouvidos, e centenas de desejos secretos se derramaram sobre ela.

Desejo uma vida diferente.

Desejo que ela me olhe como costumava me olhar.

Desejo ter dinheiro suficiente para comprar um Mercedes.

Desejo um quarto só para mim, ou uma cama só para mim, ou pelo menos cinco minutos por dia a sós, que sejam meus, apenas cinco minutos.

Desejo que nos amemos.

Desejo o Luca.

Desejo a Loulou.

Desejo que você volte, mesmo que eu nunca mais possa ser apenas uma amiga, como você me pede — não posso, tenho muitos sentimentos por você, está ouvindo?, muitos — então, desejo que você volte para a minha vida novamente. Você faz falta. Esbarro no seu nome, na lembrança do seu rosto, no jeito como você me olha.

Todos os dias.

Tanta saudade no mundo. Tanto anseio.

Penso em você numa noite de estrelas cadentes.

Não conheço seu rosto.

Nem seu nome.

O meu não revelo.

Quando um dia nos encontrarmos, quando nos tocarmos, saberemos quem somos.

✳ ✳ ✳

Marie-Jeanne abriu os olhos. Só um instante.

Ela conhecia essa oração. Estava em um dos livros, uma carta que começava desse jeito. Como alguém podia esquecer algo assim num livro emprestado? Teria sido uma mensagem enviada? Um pedido ao Acaso e ao Destino para emprestar a este pedaço de papel sua tarefa sagrada e encaminhá-lo ao destinatário real?

— Aonde você vai? — perguntou Elsa.

Um murmúrio em resposta.

— Perdão, não entendi.

E Marie-Jeanne se foi, porque lhe havia ocorrido o que poderia fazer com as luzes do sul à sua volta, que deixavam seu coração pesado com uma saudade dolorida, com o eco de todos os chamamentos abafados em sua cabeça. Ela precisava urgentemente pensar em tudo isso, a sós, e de preferência anotar.

Se essas pessoas não se atreviam a fazer algo, ela teria que tomar uma atitude radical para ajudá-las. Caso contrário, não suportaria.

☞ Os planos malucos da impaciente Marie-Jeanne Claudel

Primeiro: fazer com que Loulou escreva seu nome completo numa folha de papel artesanal do estoque de Madame Brillant, a calígrafa (roubada secretamente), sem dizer a Loulou por quê (inventar uma meia-verdade diplomática, se necessário).

Segundo: escrever uma carta de amor para Luca no mesmo papel, com a ajuda de um poeta romântico chamado Rumi, morto há séculos. Fazer o mesmo para Luca.

Terceiro: colocar no próximo livro a ser emprestado para Jean Finkielkraut a oração do amor que Madame Chatelet havia escrito.

Quarto: fazer com que Jean Finkielkraut levasse o livro diretamente para Madame Chatelet, sob o pretexto de razões inescrutáveis, recorrendo a hipérboles emocionais como "É questão de vida ou morte".

Quinto: pedir a Francis para beijar as mãos de Elsa. Se ele perguntar por quê, dizer que leu que isso traz sorte.

Sexto: descobrir para quem a luz do sul de Vida levava. Idem no caso de Madame Brillant. Esperando que ela e Napoléonne não tivessem que cavalgar até Timbuktu por causa disso.

Sétimo: salvar todos eles.

Porque naquela noite eles foram permitidos: os desejos. E só se tivessem sido feitos com uma vontade real de que fossem mesmo realizados é que isso aconteceria.

Certo?

27

Todo mundo tem direito à própria estupidez amorosa

Marie-Jeanne havia ponderado sobre sua lista por um bom tempo — e, enquanto cavalgava naquela manhã feliz e perfumada, chegou a uma desagradável conclusão: precisava de um cúmplice. Era quase impossível fazer isso sozinha. E só uma pessoa poderia ajudá-la.

Quem, senão uma especialista em deuses, versada nas maravilhas, nas lendas e na pré-história do mundo e, portanto, aberta às mais inéditas ocorrências, seria a pessoa certa para isso?

E, assim, Marie-Jeanne conduziu a branquinha Napoléonne para Montjoux.

Valérie tinha dormido do lado de fora sob um mosquiteiro, e Marie--Jeanne agora a contemplava: Valérie Penelope Montesquieu sorria dormindo. E, com os olhos ainda fechados, disse:

— Bom dia, minha querida Marie-Jeanne.

Napoléonne logo fez amizade com o jardim selvagem e belo, e Valérie e Marie-Jeanne bateram papo na cozinha agradavelmente fresca, enquanto o calor do sol se desdobrava sob as árvores, e as cigarras cantavam ritmadamente sua canção de verão.

Marie-Jeanne contou tudo a Valérie. As faíscas, as luzes noturnas, o brilho — e todos os seus planos malucos.

— Hum, hum — fez Valérie. — Hein? — perguntou Valérie. — Sim, isso me deu uma luz — comentou Valérie, e então, depois de olhar de soslaio: — Perdão, foi um trocadilho não intencional. E onde está em mim essa luz do sul?

— Na boca. Quando a senhora fala algo inteligente, a luz borbulha. Acho que quando alguém toca esses pontos, o amor fica mais próximo, mais concentrado. A senhora já sentiu algo assim?

— Nunca pensei que alguém me perguntaria uma coisa dessas. Mas sim, de fato. Quando encostavam delicadamente nos meus lábios, de preferência aqui... — Ela acariciou o lábio inferior. — ...eu me sentia especialmente amada. Havia uma pessoa que gostava de olhar para mim, e esse era o melhor motivo para eu abrir os olhos.

— E a senhora sente falta dele.

— Dele? — Valérie perguntou baixinho.

O rubor das bochechas de Marie-Jeanne não foi de forma alguma inferior ao das rosas luxuriantes.

— Ai! *Pardon*.

— Não, minha querida! Na época, também fiquei surpresa por querer passar minha vida com minha melhor amiga, cujas ideias eram tão afinadas com as minhas. Nós nos gostávamos muito e nos amávamos muito também. A propósito, amar não significa necessariamente compartilhar um quarto ou tirar a roupa toda quando está no mesmo espaço. Os amantes podem se amar sem nunca se beijar. Porque os pontos do amor, você sabe, não são os pontos do prazer.

— O *prêtre* provavelmente não vai gostar disso.

— Provavelmente não. Mas nós, pessoas peculiares, podemos desejar sem amor e amar sem prazer.

— Isso me lembra que eu realmente não sei nada sobre essas... essas coisas...

Ela pensou nos "romances água-com-açúcar" com os piratas e as damas em casamentos infelizes caindo em seus braços e em todas as metáforas que Elsa examinava cuidadosamente antes de devolver o livro para ela.

— Não? Você ainda tem toda a vida pela frente para beijar e ser beijada por quem quiser. A vida funciona com amor, mas também muito bem sem ele. Dependendo do que lhe fizer bem.

Marie-Jeanne murmurou:

— Acho que gostaria de fingir um ataque de tosse para disfarçar o meu constrangimento, será que funcionaria?

— Por favor, por favor, fique à vontade. Enquanto isso, vou continuar falando e poupar você das coisas embaraçosas, *d'accord*?

Cof, cof.

— Muito bem. O amor. Todo novo amor é, em princípio, o primeiro amor: como se você tivesse esquecido tudo e sempre tivesse que recomeçar. Isso ocorre porque não temos ideia do que é o amor; e isso é tão bom.

— Então não é possível entender o amor?

Valérie olhou pensativa para sua casa, que parecia se inclinar para elas em confidência.

— Exatamente. E podemos reconhecer isso pelo fato de fazermos coisas inexplicáveis e irracionais por amor. Por exemplo, eu me fechei por muito tempo, sabe? Não conseguia simplesmente sair, porque ela era tudo. Sentia falta dela em todos os lugares. Tudo ficou cheio de lacunas. A aldeia, o país, as cidades, as montanhas, o céu. As florestas, as estrelas, a chuva, os cafés e até a feira. Tudo. Eu só via o que não estava lá. Era insuportável, para mim, voltar a um mundo sem a pessoa que não estava mais comigo. A morte é mais fraca que o amor. Não acaba com ele.

Ela pegou a mão de Marie-Jeanne.

— O que você acha que vai experimentar um dia com esse amor que não entende?

— Provavelmente nada. Eu não tenho a luz do sul. Nunca... nunca verei o mundo com lacunas.

Então, Valérie segurou as mãos de Marie-Jeanne, cujos dedos lisos tinham mais ou menos o mesmo tamanho das mãos enrugadas e vividas em que repousavam.

— E por que você pensa assim? Por que recebeu tanta... bem essa... capacidade de amar? E por que deveria ser poupada disso?

— Não sei — sussurrou Marie-Jeanne. — É possível... é possível uma pessoa viver sozinha sem um amor?

— Claro — respondeu Valérie rapidamente.

— A senhora está enfeitando a verdade.

— Você ama — disse Valérie, gentilmente. — Isso se vê no modo como quer confortar o coração daqueles de quem gosta. Por que outro motivo você teria ideias tão estúpidas, com todo o respeito, para juntá-los logo em vez de deixar que se resolvam sozinhos?

— Não posso simplesmente ficar sem fazer nada!

— Isso mesmo — disse Valérie. — Isso nunca deve ser uma opção para uma mulher.

Naquela noite, Marie-Jeanne presumira que já havia entendido as coisas mais importantes e que poderia começar. E agora podia muito bem procurar uma meia, enfiar algumas maçãs duras nela, dar um nó e se dar uma surra.

Suspirou.

— E os contos de fadas deveriam terminar assim: e viveram felizes por muito tempo, até que fizeram alguma besteira com o amor. Tenho a sensação de que eles já estão fazendo besteiras demais agora.

Valérie riu.

— É verdade. Mas, sabe, Marie-Jeanne: o amor é uma rosa, ele...

— Meu pai diz que o amor é uma casa. E que todos os quartos devem ser habitados.

— Seu pai é um homem inteligente. Para mim, a rosa é o epítome da natureza do amor. Veja bem, muitos pensam que o amor deve ser florido e perfumado, mas sem espinhos. O que é um erro de julgamento sobre a natureza da rosa.

— Acho que Loulou pensa que o amor é mais como um cacto.

Valérie pegou a mão dela com carinho.

— E é por isso que você quer salvá-la. Eu sei. Mas imagine se você recebesse uma carta como essa de alguém que é uma rosa para você, linda e espinhenta ao mesmo tempo. E um dia descobre que quem você pensa que se revelou totalmente para você tem uma letra bem diferente. E, então, você se pergunta: será que ele escreveu isso para mim por conta própria, de próprio punho? Viver com essas dúvidas é um tormento que não deve ser subestimado. Você precisa deixar espaço para isso.

— Mas é tão óbvio! Eles se querem tanto como... como... sei lá! Sorvete de caramelo e *waffle*! Isso é de uma burrice sem tamanho! Eles é que são burros, não eu!

— Deixe que as pessoas sejam burras com o amor! Às vezes, elas podem mentir para si mesmas: amam e não querem admitir que amam. E se convencem de que é só desejo, é só atração, é só amizade. E, no fim das contas, dura uma vida inteira; isso também é amor, e só no fim as pessoas entendem. Basicamente, as pessoas estão constantemente sendo ameaçadas pela infelicidade de simplesmente serem quem são.

Satisfeita, Valérie pegou sua xícara de café com leite.

— Bem, essa é a minha opinião. Você ainda tem dúvidas?

— Receio que a revolução tenha acabado de estourar na minha cabeça — respondeu Marie-Jeanne.

— Pois bem. Isso não é o pior. Você já pensou em deixar de rodeios e simplesmente dizer a verdade? Como fez comigo? Isso pouparia você de uma ou outra situação constrangedora: uma invasão à casa de Madame Brillant, falsificação de documentos e uma mentira para sua amiga.

— Isso seria uma maluquice menor. Mas, melhor não. Por que iriam acreditar em mim? Então devo simplesmente deixar tudo para lá? E apenas ficar assistindo?

— Hum. Você ficaria feliz com isso?

— Hum. Acho que não.

Marie-Jeanne pensou a respeito.

Se ela conseguisse fazer com que Jean Finkielkraut levasse o livro e a carta de Géraldine de volta para ela, e se sentasse no terraço ao lado do gato branco. Então...

...então o coração dele ficaria turbulento, seu cérebro, embotado, e isso não significaria que ele saberia como colocar suas palavras na ordem certa na presença daquela senhora. Ela não podia carregá-lo até a cama de Madame Chatelet, podia? Ou fazer com que dissesse o que tinha para dizer, as palavras certas que...

Só um instante. Palavras.

Palavras, palavras, palavras. Como era mesmo?

Os livros são a última grande alquimia do tempo. Eles criam, transformam, conquistam o tempo, a morte e o medo. Criam realidades invisíveis: não para serem vistas, mas estão lá. São as portas silenciosas pelas quais passamos para chegar a nós mesmos.

Livros.

Os olhos de Marie-Jeanne pousaram nos alforjes com os livros que ela havia deixado ao lado da mesa externa para que Napoléonne pudesse andar um pouco mais à vontade lá fora.

Livros, cúmplices discretos. Coloque um livro entre duas pessoas e espere para ver o que acontece a elas, deixe um brilho em seu coração e elas poderão ver melhor...

Bing, soou dentro de Marie-Jeanne, e, antes que o *bing-bing* soasse pela segunda vez, ela disse rapidamente:

— Madame Montesquieu, por acaso a senhora não gostaria de ser a anfitriã de um salão literário com aperitivos? Talvez no hotel La Dolce Vita, de Vida, com um convite escrito pela Madame Brillant? Poderíamos convidar Jean Finkielkraut para debater sobre a arte da escrita, sobre os livros que lemos, sobre a vida, convidar algumas pessoas selecionadas, a senhora já sabe quem e...

— Ah! Sua diabinha — disse Valérie devagar. — Se descobrirem que estamos tentando armar para eles... nunca mais falarão conosco.

O sorriso dela era o de uma garota marota.

— Conte comigo. Como chamaremos o salão? Clube do Livro dos Corações Solitários?

— Eu prefiro um nome mais sutil — disse Marie-Jeanne.

28

Algumas breves descrições das pessoas

Loulou Raspail já sabia bordar, fazer rendas, malabarismos e recitar, começara a aprender italiano e assumira os turnos matinais na padaria. Tudo para esquecer aquele maldito Luca.
Ideia ridícula.
Luca havia escolhido ler, nadar e trabalhar no lagar de azeite e, portanto, ficou igualmente taciturno, sobrecarregado e totalmente perdido, dormia mal, tinha sonhos confusos e se agarrava ainda mais obstinadamente a Beatrice, tal como Loulou a André. Bem, era entediante, mas o tédio não era o precursor da paz interior?
Destroços. Ruínas de um amor outrora infantil que agora os assombrava com tormentos profundamente adultos.
Assim, ambos ficaram gratos por receber um convite para a noite de estreia do salão literário organizado pela *Biblioteca Itinerante Philis — Empréstimos e literatura sob encomenda*. Aquilo parecia extraordinariamente adulto. O convite era válido apenas para uma pessoa, não sendo permitidos acompanhantes.
A propósito, "salão literário" não era o nome do evento em si, e sim *"Littéramour"*.
— Uma combinação das palavras *littérature e amour*. Literatura e amor. Pois bem. Seria difícil superar tamanha sutileza — observou Valérie delicadamente.
— Só não é sutil se você souber do que se trata.
Madame Colette, sem suspeitar de nada, havia produzido os convites e ficou feliz, surpresa e um tanto animada quando, alguns dias depois, encontrou um desses convites em sua caixa de correio.

Um salão literário! Que maravilha. Percebeu que fazia muitos anos que não descia de sua montanha quando ficou impotente diante do seu guarda-roupa estreito, se perguntando o que vestir.

Os outros convidados: Jean Finkielkraut, "o" poeta (agora, para sua satisfação, finalmente famoso na região), Géraldine Chatelet, tabeliã e dançarina de tango, Elsa Malbec, Francis Meurienne, a anfitriã Vida Lagetto, a bibliotecária itinerante e especialista em deuses nas horas vagas Valérie Penelope Montesquieu, Luca e Loulou, Monsieur Mussigmann, o livreiro, para despistar — ideia da qual Valérie e Marie-Jeanne se orgulhavam muito e com a qual estavam bastante entusiasmadas: além disso, elas esperavam as contrapartes das luzes do sul de Vida e Colette.

Será que viriam? Será que um iria até o mar para se perder e se encontrar, e o outro negaria duas vezes uma oportunidade perdida?

Valérie e Marie-Jeanne haviam encontrado esses dois quando, nas últimas semanas, do cair da noite ao nascer do sol, tinham seguido em Louis IV os fios luminosos até chegarem às duas extremidades correspondentes.

Valérie disse a Elsa e Francis que iria ensinar astronomia a Marie-Jeanne. O que, aliás, ela também fez, aproveitando a oportunidade para contar todas as melhores e mais dramáticas histórias de amor e terror do mundo dos deuses conhecidos. E enquanto as duas seguiam as luzes do sul, Marie-Jeanne aprendia as últimas fofocas das lendas romanas, gregas, indianas e maias, bem como algumas histórias picantes da astronomia indiana, japonesa e chinesa, e mitos esquecidos.

Seguir a luz do sul de Vida foi um desafio, pois ela ia para a cama tarde e se levantava cedo — dedicava a maior parte da vida ao hotel. Sua luz do sul se enrolava de um modo bastante discreto em intervalos regulares.

Mas, um dia, Vida dormiu até mais tarde e sua luz ficou visível para Marie-Jeanne durante as primeiras horas da manhã, conduzindo Valérie por estradas montanhosas e pontes.

Isso levou as duas até o hóspede regular do hotel, cujo nome era Édouard Théophile Jacques Léopold de La Tour, mas preferia ser chamado de Édou, por favor, não por seu antigo nome aristocrático, tão extenso quanto a rodovia N7. Porque, aos olhos de Édou, tal significava apenas que havia muitas pessoas antes dele cujo desejo fervoroso tinha sido estragar os registros de nomes de recém-nascidos indefesos.

Três palavras sobre ele: tímido, generoso, um ótimo observador. Bem, são cinco palavras.

Nem é preciso dizer que frequentava regularmente o hotel de Vida por um único motivo, que não era o bufê de café da manhã. Édou morava numa daquelas *manoirs* esquecidas, mansão esta que só permanecia de pé por causa da sua presença.

A presença de Vida em sua vida, por sua vez, havia deixado uma marca sem que ela soubesse. Com roupas que só eram escolhidas para serem usadas quando ele visitava o hotel. Os óculos também, e sempre a pergunta: Será que ela vai gostar? A sensação inútil de ser vaidoso, gostar de agradar, subestimando a paixão que — sério mesmo — não se acende nem pelos óculos nem pelo bom corte da camisa. Quando muito por uma pequena mancha no vestido, sim. Aquela pequena imperfeição.

Admirar Vida por seguir seu caminho. Amá-la pela maneira como trata as pessoas. Respeitá-la por ela o ignorar.

Édouard virou o convite entre os dedos finos e belos. Mãos surpreendentemente graciosas, de grande tranquilidade e saber.

— Perdoem a pergunta, senhoras: é verdade que não foi a Madame Lagetto que enviou este convite?

— Infelizmente é verdade — respondeu Valérie.

— E o que faz a senhora pensar que minha presença seria... hum... apropriada?

— O senhor mesmo — respondeu Marie-Jeanne. — O senhor sabe que lá é um lugar apropriado para o senhor. — Ela o encarou e repetiu o que havia feito com Jean Finkielkraut na praça da feira de Nyon: PORQUE O SENHOR AMA VIDA, E ELA O AMA.

"Mesmo que ela ainda não o saiba." Mas Marie-Jeanne pensou isso bem baixinho.

Vida havia registrado uma certa irritação diante da presença de Édou, mas se proibira estritamente outras reflexões a respeito. Ela se perguntara por que ele estava sempre lá, mas tudo bem: os hóspedes *habitués* eram assim mesmo. Não havia motivo para levar a coisa para o lado pessoal.

Édouard Théophile Jacques Léopold de La Tour era um homem que decidia se entregar às maravilhas da vida. Uma coragem que claramente faltava aos outros. Édou fitou os olhos de Marie-Jeanne por um bom tempo.

— Sabe de uma coisa? — começou ele, e o coração de Marie-Jeanne deu um salto; ele se dirigia a ela com o respeito daqueles para quem a idade do interlocutor é irrelevante. — Eu vou até o mar quando me sinto perdido. O mar é tão abundante, tão pleno, nunca hesita. E talvez devêssemos todos ir ao mar com mais frequência. Para primeiro nos perdermos e depois nos encontrarmos. Vou até o mar e lá encontro o homem que preciso ser para passar esta noite com as senhoras e... com Madame Lagetto. Não posso exibir o meu lado covarde, se é que me entende.

Ah, como a voz dele acariciava o nome de Vida.

— Muito bem. Aguardaremos esse outro cavalheiro por volta das sete — respondeu Valérie.

Às vezes, o amor é uma ferida silenciosa que um homem carrega calado dentro de si. Ele vê aquela mulher, e, para ele, ela é um milagre que permanece invisível para os outros. A arte está em avançar em direção ao milagre apesar das feridas...

Com Colette, a calígrafa, a busca havia sido ainda mais trabalhosa: sua luz do sul levava precisamente para o sul, para o mar, e de lá para um *chef* de cozinha.

O nome dele era Pierre Moissonnier.

O restaurante de Pierre ficava em Sanary-sur-Mer, o que permitiu que Marie-Jeanne visse o mar pela primeira vez em treze anos. Ela lamentou que Napoléonne não tivesse podido passear com ela no calçadão. Como eram sedosas as cores, como a água cintilava!

Valérie e Marie-Jeanne esperaram na praia, com os pés no mar, até que os clientes do almoço tivessem sido atendidos e elas pudessem introduzir o assunto a Pierre — um convite para uma noite literária em Nyons, a mais de três horas de distância dali.

— Com todo o respeito, Mesdames, sinto-me profundamente honrado. Mas podem me dizer por que pensaram que isso poderia interessar logo a mim?

— Porque o senhor poderia muito bem conhecer o amor da sua vida lá.

— Ah, entendo. Então aceito.

Não, brincadeirinha. Marie-Jeanne, que estivera apreciando os cardápios, após a pergunta de Monsieur Moissonnier entregou a ele o belo convite do salão literário, que Colette Brillant havia redigido.

O cozinheiro sentou-se, pensativo.

— Eu conheço essa letra — disse ele depois de um tempo.

— O senhor também conhece a dama que a desenhou?

Ele fez que não com a cabeça.

— Seria uma ótima oportunidade para isso.

Sim, Colette Brillant havia escrito os nomes das refeições nos cardápios do restaurante de Pierre, sem nunca ter provado nenhuma delas, mas mesmo assim traduziu-as tão lindamente em letras apetitosas, sem nem conhecer o *chef* que lhe fizera a encomenda. Porém, tinha saboreado os pratos com as mãos. Tinha sonhado com a seguinte pergunta: quem saberia criar tais iguarias?

E quando as provas do cardápio chegaram até ele, Pierre ficou sentado lá por um bom tempo, sentindo um estranho alvoroço no peito, porque até então poucas vezes vira uma coisa tão bonita. Uma escrita que, acima de tudo, pulsava. Sim, como se estivesse desvinculada de tudo o que precisa ser, o que deve ser e o que não pode ser.

Liberdade. Prazer de viver.

Só que nunca ousara procurar a mão por trás da letra. Primeiro porque tinha muito o que fazer, depois porque não quis ser inconveniente, e, então, porque já tinha passado muito tempo, e, pronto, lá se foram dez anos.

— Dez!?

— Pois é. Isso mesmo. E daí pensei que talvez fosse um pouco tarde demais.

— Isso é... incrível. O senhor me parece uma pessoa prudente — disse Valérie, educada como sempre, embora pudesse tê-lo estrangulado sem perder a classe. — O senhor pode pensar no assunto. Só um pouco mais rápido desta vez, por favor?

Quando Pierre olhou de novo para a letra de Colette, seus olhos brilharam.

Olhos lindos, verdes, por sinal, emoldurados por cílios grossos, o que era raro em homens, e também tinha um coração. E sabia cozinhar. O que poderia dar errado? Bem, ele raramente lia. Quer dizer, nunca. Mas prometeu folhear pelo menos um livro. Valérie e Marie-Jeanne deixaram para ele um Júlio Verne: *Viagem ao centro da Terra*.

Tudo tem a ver com tudo.

— Eles virão? — perguntou Marie-Jeanne, enquanto Louis IV enfrentava bravamente a subida para o norte depois de visitar Pierre, deixando para trás Marselha, a grande cidade branca como um osso.

— Não sei, querida. Cada novo dia surge como uma oferta. Isso é tudo que a vida pode fazer por você.

29
O Salão Literário Littéramour

— Estão todos aqui — sussurrou Valérie.

Seus convidados pareciam um pouco tímidos, depois dos dois *bisous* habituais, segurando suas taças e bebericando o champanhe um pouco rápido demais.

Édou se fez útil servindo os outros com tranquilidade e sem a menor hesitação.

Vida Lagetto circulava oferecendo as pequenas *entrées* — deliciosas torradinhas com pasta de azeitonas e tomate, sardinhas fritas com a agora lendária maionese caseira de limão.

Enquanto isso, o *chef* de cozinha de Sanary-sur-Mer devorava Madame Colette Brillant com seus olhos arregalados e mudos como uma espadilha do Mediterrâneo, com seu Júlio Verne já muito gasto na mesinha à sua frente.

E então, de repente, começou a conversar com Vida sobre técnicas de preparo de maionese.

Madame Brillant conversava com Jean Finkielkraut, um pouco animada demais na opinião de Marie-Jeanne.

Madame Chatelet conversava seriamente com Elsa Malbec sobre a melhor forma de proteger um livro de manchas de gordura.

Luca e Loulou estavam se ignorando.

Francis examinava as unhas das mãos.

Em suma, não seria uma tarefa fácil levar felicidade a todas aquelas boas pessoas.

Marie-Jeanne acendeu algumas velas e desligou a luz elétrica. Os rostos ficaram mais belos e suaves.

Nessa hora, Monsieur Mussigmann entrou carregando um caixote cheio de novos títulos e começou a conversar alegremente com a pessoa mais próxima. Suas histórias sobre a vida de escritoras e escritores famosos logo causaram uma evidente descontração no ambiente e trouxeram risos à sala.

— Charles Dickens deixou a esposa e dez filhos por uma jovem atriz.

— Ah, seu malvado! Acabou de estragar para mim os contos de Natal dele!

— Não foi essa a minha intenção, Madame Brillant. Mas sabia que Freud não suportava molho tártaro? E que Bram Stoker sofreu uma intoxicação alimentar ao comer uma salada de caranguejo e, depois disso, escreveu *Drácula*? O que a comida é capaz de fazer com as almas sensíveis...

— Drácula? — perguntou Francis, baixinho.

— Está emprestado — respondeu Elsa. — Muitas metáforas.

— Agatha Christie sempre cria suas histórias de assassinato quando está tomando banho de banheira com água bem quente.

— Invejável — suspirou Madame Chatelet.

— Sim, e o novo livro de Simenon já foi publicado... A propósito, Georges Simenon sempre usa a mesma camisa quando está trabalhando num novo romance policial. Por várias semanas. Para não interromper o fluxo da escrita. Schiller, por sua vez, deixa maçãs apodrecerem na gaveta de sua escrivaninha para entrar no clima. Joseph Roth, por outro lado, quando escreveu...

— Não tenho certeza se quero imaginar tudo isso — disse Vida. — Um aperitivo, Monsieur Mussigmann?

— E então? — sussurrou Valérie para Marie-Jeanne. — O que você consegue ver?

— Borbulhas, brilhos, ronronados, laços, nós e, principalmente, que está tudo... fora de ordem. Um emaranhado só, como novelos. Também há fios se enrolando que não combinam, como se estivessem medindo uns aos outros. Ou se testando. Eu me pergunto se...

— Continue.

— Será que, no fim das contas, é tudo de outro jeito?

— Como assim?

— Talvez seja assim: todas as pessoas recebem amor. E com isso elas saem para a vida, mas não é o Amor que decide quem amamos. Somos nós mesmos.

— Uma variação interessante.

— Isso seria ruim?

— Para alguns, talvez. Todos ansiamos pelo nosso destino. Sei lá. Gosto da sua tese: viemos ao mundo com amor e podemos escolher quem amamos. Bem, contanto que não nos apaixonemos...

— O que você quer dizer com isso...

Tosse.

— Não vamos falar de literatura? — questionou Madame Chatelet. — Antes que Monsieur Mussigmann nos distraia com mais intimidades das grandes mentes.

— Falando em grandes mentes, Goethe, quando ia ao banheiro...

— Claro, minha querida! — respondeu Valérie para Madame Chatelet rapidamente. Com passos delicados, segurando a delicada sombrinha de renda de bilro, foi até a poltrona na qual várias almofadas estavam empilhadas.

Marie-Jeanne mal se deu conta do que a especialista em deuses entre os bibliotecários itinerantes dissera à guisa de saudação — algo sobre parentesco, famílias literárias e que não havia certo ou errado nas conversas sobre livros —, pois ainda estava pensando neste enigma: *Podemos escolher quem amamos, contanto que não nos apaixonemos?*

A noite se concentrou em três livros: *Um certo sorriso,* de Françoise Sagan, *Viagem ao centro da Terra*, de Júlio Verne, e *Entre quatro paredes*, de Jean-Paul Sartre. Amor, aventura, filosofia, estava tudo ali. Havia um prato diferente para cada livro, e nenhuma desculpa para se eximir de álcool.

Madame Chatelet e Jean Finkielkraut entraram num fogo cruzado quando foi servida a entrada — um carpaccio de salmão para acompanhar o Sartre.

— "O inferno são os outros", escreveu Sartre, mas, basicamente, o inferno está antes de tudo em nós mesmos, na falta de honestidade de cada um consigo mesmo e...

— Se me permite interrompê-la, Madame, porque...

— Nem pensar, Monsieur, não suporto interrupções.

— Alguém quer vinho? — ofereceu Vida.

— Deixe-me ajudá-la — pediu Édou, num tom sussurrado e carinhoso. — E sugiro que você se sente bem aqui.

— Mas, Monsieur, o senhor é um convidado e...

— Madame se importaria se eu a servisse?

— Ah! Acho que... acho que não.

Vida se acomodou cuidadosamente em uma cadeira. E se deu conta de uma coisa: nunca tinha feito isso antes. Jamais tinha brincado de hóspede no próprio hotel.

Como era agradável.

— Bem, o que acho engraçado nesse contexto é que Lidenbrock não encontra nenhum inferno lá embaixo — interveio o *chef*.

— Isso não foi uma oportunidade para Verne também descer pela toca do coelho? — perguntou a tabeliã, séria.

— Os ouvidos não doem nas profundezas? — perguntou Madame Brillant, que não gostou quando Madame Chatelet complicou para o *chef*. — Por que nunca se fala em dor de ouvido, nem mesmo em Dante?

— Pois bem — disse o *chef* muito cortês, tentando não deixar transparecer que não conhecia Dante. Mas gostou de não ter deixado a pergunta dela no ar.

— Bem, eu gostaria de um pouco de vinho — disse Francis.

Édou inclinou-se para a frente para servi-lo.

— Não, ele não gostaria — disse Elsa.

Édou serviu Elsa primeiro, depois Francis, e disse baixinho:

— Vocês deveriam fazer um brinde. O tilintar de copos é um som tão lindo.

Elsa corou um pouco, mas seguiu o conselho dele. As taças fizeram "tim-tim", e Elsa fitou os olhos do marido. Uma sensação estranha — quando tinha sido a última vez que ela fitara aqueles olhos? E aquela linda boca?

— ...na falta de honestidade de cada um para consigo mesmo, de não ser capaz de lidar com a liberdade e de se conformar em vez de... — Madame Chatelet não gostava mesmo de ser interrompida e voltou para Sartre.

— E então? — Loulou sibilou para o pobre Luca. — Como está a sem graça da sua Beatrice?

— ...conformar em vez de escapar das convenções, quaisquer que sejam as consequências que isso...

— Deve estar do mesmo jeito que o sem graça do seu André!

Uma faísca aqui, outra ali, mas eles estavam apenas se aquecendo.

— A-há! Mas Madame não pode pedir às pessoas que desconsiderem a vida em sociedade apenas para não abrir mão de uma pretensa honestidade consigo mesmas! Tanta individualidade contradiz sua natureza.

— Eu não disse isso, Monsieur Finkielkraut!

— A propósito, o prato principal vai ser...

— Nem precisou dizer, Madame, seu ponto de vista ficou claro. Quando confrontei Sartre direta e pessoalmente sobre o fato de que...

— Ah, o cavalheiro frequenta os melhores círculos!

— Madame está sendo sarcástica?

— O que o senhor acha? Consegue distinguir entre sarcasmo e ironia, Monsieur?

Madame Chatelet arqueou as sobrancelhas e abriu um sorriso que Marie-Jeanne nunca tinha visto antes. Não era um sorriso zombeteiro, era de... satisfação. De uma enorme satisfação.

Isso fez Marie-Jeanne se lembrar de Luca e Loulou, mas Madame Chatelet e Monsieur Finkielkraut se confrontavam com armas mais sofisticadas do que puxar o cabelo um do outro ou atirar besouros um no outro.

— Sei muito bem reconhecer o sarcasmo quando é dirigido a mim, Madame Chatelet, mas o seu provavelmente é o espécime mais orgulhoso da minha coleção de insolências até hoje!

— Sei que o senhor não quis dizer isso, portanto, vou encarar como um elogio, Monsieur Finkielkraut.

O olhar que Madame Géraldine lançou ao escritor Finkielkraut mudou do de uma faca afiada para o de uma orgulhosa dançarina de tango. E de repente seus olhos reassumiram aquele azul brilhante e prateado.

— Eu gostaria de tomar um pouco mais de vinho — disse Madame Brillant. Édou serviu-a, e Vida relaxou de vez. Ouvia apenas por alto a disputa entre os dois grandes pensadores. E começou a observar Édouard. Percebeu que nunca tinha olhado para ele de verdade, pois sempre estava muito ocupada com o trabalho. Ele se movia com elegância. Desenvoltura. Segurança. Como se possuísse uma bússola interior muito precisa. Para tudo.

Algo afrouxou nela.

Talvez o medo.

— Foi a senhora que escreveu minhas cartas — disse Pierre, de repente, voltando-se para Madame Brillant.

— Suas cartas? Mas...

— Cardápios, digo. Eu sou... bem... do restaurante La Mirabelle?

Algo fez um clique na cabeça de Madame Brilliant.

— Alguém mais notou que Luc e a narradora em primeira pessoa do romance de Sagan também estão no Inferno, precisamente porque *não* são desonestos?

— Não.

— Mas é isso!

— Já estamos na sobremesa?

— O que você está achando? Está funcionando, não está? — sussurrou Valérie para Marie-Jeanne.

Ah, bem. Tirando o fato de que Loulou e Luca estavam se atacando cada vez mais alto, Madame Chatelet e Jean Finkielkraut em breve pulariam um na garganta do outro com aquele sorriso louco, e o restante das pessoas estava basicamente só respirando o mesmo ar: sim, sim, estava tudo ótimo.

Foi nesse momento que decidi que não deixaria Marie-Jeanne sozinha para concluir o que planejava fazer com aquelas pessoas. Era algo pretensioso, não era incumbência minha, mas, mesmo assim, foi o que fiz.
Tornei-me cúmplice de Marie-Jeanne.

30

Seu nome na minha mão

Monsieur Mussigmann contou a Francis e a Elsa outras esquisitices, "Sim, sim, Oscar Wilde passeava por Londres com uma lagosta na coleira!", e Luca e Loulou não falaram mais nada, seus corações transbordando. É quase sempre assim: nas conversas importantes, o que mais importa não é dito e se perde no silêncio.

A comida estava deliciosa, o vinho soltou as línguas — pelo menos a dos adultos, Loulou e Luca só colocaram um pouco de cassis na água — e, em dado momento, Valérie generosamente se absteve de tentar manter a conversa em ordem. Primeiro Sartre, depois Verne, por fim Sagan? *Tant pis!* De qualquer maneira, o objetivo nunca tinha sido esse, e sim trancar as pessoas numa sala à luz de velas, com a alquimia dos livros e álcool de boa qualidade.

Agora, os corações só tinham de criar asas.

E eu sabia como as asas cresciam.

Aparentemente, cada ser humano tem uma maneira própria de se expressar. As pessoas dançam para dizer o que não conseguem colocar em palavras. Fazem carinho, mimam, deixam o corpo falar o que a boca lhes proíbe de botar para fora. Devia haver ocasiões em que as pessoas pudessem fazer as coisas que amam, sem que houvesse nenhum mal-entendido.

Pierre Moissonnier, por exemplo, se expressava através das refeições que preparava. O modo como manuseava um linguado, desfolhava um repolho e arrancava as folhas das ervas aromáticas dizia: tenho o maior respeito pelos seres vivos, pelas plantas, e também por aqueles que apreciam como a natureza nos saúda por nossa presença neste mundo incrível. Pierre era um homem grato, grato pela vida.

E foi exatamente isso que Madame Brillant viu nele quando desabrochou nela a flor do amor por aquele desconhecido que, estranhamente, lhe era tão familiar.

O mesmo se passava com Colette Brillant. Quando se mostrava ao mundo como era, não o fazia com palavras, embora o fizesse através da escrita delas. Sua respiração, sua postura, sua concentração, seu cuidado, seu jogo de cintura e seu senso de justiça transpareciam na forma como desenhava as letras, na fonte escolhida e nos pensamentos que incutia nelas.

E Pierre percebeu isso sem registrar de forma consciente. Ele só notava que algo em seu estômago subia e descia, constantemente, e que algo em seu peito de repente ficava mais leve.

Ele pensou na longa viagem de volta, pela manhã, e se perguntou quanto tempo levaria até que visse aquela mulher de novo. Não queria desperdiçar mais dez anos. Se pelo menos não fosse tão tímido. Ele mal conseguia dizer mais que uma palavra.

Levei minha mão aos lábios dele.
Lá onde sua luz do sul pulsava.

Quando Colette se levantou para lavar as mãos, Pierre a seguiu e esperou por ela ao lado da mesa do telefone, na penumbra do corredor.

— A senhora me daria seu número de telefone? — perguntou o *chef* de cozinha quando ela voltou. — E poderia... também escrever seu nome para mim? Posso parecer um pouco louco, mas, Madame, garanto: não sou. Ou talvez seja, mas do tipo manso. Bem... Eu só gostaria de ver a senhora escrever. Sua letra produziu os cardápios mais bonitos do mundo. Desde então, tenho cozinhado a mesma coisa para não precisar trocá-los. Mal consigo acreditar que exista tal escrita e, veja só, aí está a senhora.

— Ainda cozinha a mesma coisa? Por que gosta da minha letra?

— Gostar é pouco.

Pensamentos inundaram Colette.

Ela poderia dizer algo fácil como: "Podemos mudar isso facilmente, basta enviar-me um punhado de pratos novos e eu os escrevo." Ou: "Você já ouviu falar que agora é possível imprimir e fotocopiar os cardápios?"

Eu me aproximei dela. Observei seu coração. Sopesei sua coragem.

Vi seu sorriso.

Não: ela não precisava da minha ajuda.

Porque o eco dentro de Madame Brillant pulsava cada vez mais forte, a lembrança da comida, e mesmo que quase uma dúzia de verões já tivesse se passado, a lembrança nunca a havia abandonado.

— Sabe o que está me pedindo, Pierre?

— Sim — respondeu ele, e talvez tenha mentido um pouco, pois não sabia o que Madame Brillant sabia: ao lhe dar um pedaço de papel com seu nome naquele dia, ela seria dele enquanto o papel existisse.

Mas ele disse "sim" porque sentiu isso na pergunta dela. Ele ouviu a pergunta verdadeira: "Posso confiar que você quer tudo de mim e que também dará tudo de si?"

Foi exatamente isso que chegou ao coração dele.

Obviamente, Madame Brillant tinha, na linda bolsa, tudo de que uma mulher da escrita precisa para enfrentar as eventualidades do acaso com elegância.

Ela puxou uma caneta-tinteiro. Verde-escura. Destacou uma folha de papel artesanal de um caderno de couro, com o mesmo cuidado que teria se fosse cortar o fio de uma bomba.

Então ela olhou o cozinheiro nos olhos.

Aqueles lindos olhos verdes.

— Você vai me amar? — perguntou Colette Brillant. Não, ela não perguntou isso, ela perguntou: — E você quer o meu nome? — O que no fundo era a mesma coisa.

Simples, direto e, apesar do tremor interno que surgia quanto mais olhava para aqueles olhos verdes, sentia-se muito calma. Não tinha mais medo de errar. Não tinha mais medo das palavras.

— Faço isso há muito tempo — Pierre quis responder — e continuarei te amando cada vez mais. Vou te amar com a constância do vaivém do mar. Vou te amar com a clareza com que brilha a Estrela do Norte, vou te amar como filha, como irmã, como amante e como amiga, como esposa, como cúmplice e como minha cama. Sim, como minha cama, o único lugar do meu lar até agora, mas vou te amar porque você é meu lar, você é minha casa. Você é o ponto onde tudo começa e tudo termina.

Mas Pierre apenas disse:

— Sim.

E tudo, tudo cabia nesse sim.

Eles ainda teriam muito tempo, e ele poderia dizer tudo isso para ela, várias vezes, e sobretudo sem palavras, que lhe faltavam, mas até aprenderia mais palavras por ela, todas elas.

— Então eu peço o mesmo, Monsieur Moissonnier. Me dê seu nome. E seu telefone. Dê-me tudo aquilo que o senhor é.

Eles se sentaram, e ela escreveu sua parte primeiro.

Inspirou, expirou.

Liberdade.

Madame Colette Brillant escreveu seu nome completo num pedaço de papel, e isso era tudo o que importava, não o número de telefone, e ela o entregou àquele homem e, portanto, passou a ser dele.

E ele fez o mesmo, e estava sério e calmo enquanto o fazia.

Quando trocaram seus nomes, houve um momento solene que pertencia apenas aos dois, à luz silenciosa do corredor de um hotel, junto a uma mesa de telefone de madeira reluzente; ali se prometeram um ao outro, ali se ofereceram um ao outro.

O outro lado geralmente não se vê. Jean não conseguia ver que Madame Chatelet queria bater nele com a mão espalmada, tudo para afastá-lo para longe de si, para longe da sua ilha de solidão, à qual ele havia sido levado repentinamente.

Aquela raiva ardente e doce dentro dela, querendo enfrentá-lo a ponto de quase machucá-lo, e, ao mesmo tempo, querendo abraçá-lo com muita força: "O que está acontecendo comigo?"

Não, ele não era como a imagem difusa de um homem com quem ela se familiarizara ao longo dos anos, na solidão de uma união imaginada, com a comida, o tango, as duas taças. Aquele homem completamente real ali não era elegante e gentil, mas direto, corajoso, humano, viril, sensível, generoso, adorava discutir, e ela não sabia que poderia ser tão eletrizante. Tão... sensual.

Imagine o que essa boca, esse espírito, ainda ousaria fazer. Imagine o que ele se atreveria a fazer com ela e como poderiam acabar com as brigas, essas brigas deliciosas e apimentadas.

Géraldine respirava com mais facilidade quando rebatia Jean. Finalmente conseguia respirar de novo, agora podia se permitir isso, sim, pois ele a desafiava: sua mente, seu espírito de luta, ele não vacilava...

E foi isso que a assustou. Sua própria grandeza, que só se desdobrava na presença dele. E ele não recuava.

A luz que a iluminava na presença daquele homem era tão ofuscante que ela cometeu um erro grave.

Ela se levantou e fugiu, resfriando o rosto com água, tomando um gole para acalmar aquele fogo, aquela respiração, aquela eletricidade dentro dela.

E então viu Madame Colette Brillant parada ao lado dela em frente ao espelho.

— Já vivemos tempo demais para recuar, Madame — disse a calígrafa à tabeliã. — Nós trairíamos a vida. Não temos tempo para isso, minha querida.

Mas não quero chorar de novo, pensou Madame Chatelet. Estou com medo de perder este homem depois de ser muito feliz.

Mas... conversar com esse homem, entrar num embate, um embate em que as palavras chegam mais perto do que os corpos podem chegar, e onde, sob todas as punhaladas, golpes e tapas, espreita o conhecimento: Ele sente o mesmo e, se pudéssemos, cravaríamos os dentes em nossa pele, primeiro com força, depois suavemente, e então só teríamos fôlego e ternura.

Aonde ir para se salvar?

Como isso pode ter acontecido no meio de um dia qualquer?

E assim Géraldine Chatelet saiu para o grande terraço a fim de pensar se não podia simplesmente ir embora.

Sim, por que não?

Seu Citroën DS estava bem ali. Uma fuga discreta, o mais rápido possível.

Ela queria mesmo ir, mas eu me coloquei entre ela e seu carro. Quanto mais duas pessoas se amam, mais inquietas fogem uma da outra e com mais urgência voltam a se procurar.

E assim, no raro frescor de uma noite de verão provençal, o escritor reuniu toda a coragem de que nunca havia precisado e perguntou a Géraldine sem rodeios, com raiva, com paixão, com uma curiosidade que lhe era tão estranha e tão boa:

— Onde você esteve esse tempo todo?

E Géraldine sabia que Jean não se referia aos últimos cinco minutos, mas aos anos. Todos aqueles anos.

— Por incrível que pareça, eu estava à sua espera na minha casa — respondeu ela.

31

A noite do amor

— Venha! — Francis chamou Elsa. — Venha comigo, minha pequena *garrigue*. Todo mundo já foi embora. E vou te mostrar as estrelas agora.

E pensei: *Não, Francis. Faça outra coisa primeiro.* Sussurrei isso ao seu ouvido.

Com delicadeza e ternura, Francis pegou a mão de Elsa, que como sempre estava fechada em punho ao lado do prato de sobremesa. Ele ergueu até a bochecha o punho dela, que então se abriu por conta própria, e ele correu os dedos levemente sobre a pele, fechando as pálpebras. Abriu-as novamente, olhou nos olhos da esposa, inclinou a cabeça e beijou suavemente seus dedos, colocando-os de novo junto ao rosto; sua barba cerrada parecia macia e sedosa na pele dela.
 — Ah, Francis... — disse Elsa; não, seus olhos disseram, ao se arregalarem.
 — Venha — disse ele.
 Os dois seguiram de mãos dadas até o terraço, bem perto do céu, e Francis abraçou Elsa e a apertou com força.
 E como estava escuro e eles não conseguiam se ver direito, tudo ficou muito mais fácil.
 — Sabia que eu te acho linda? — sussurrou Francis.
 — Não. Mas você sabia que eu sou uma toupeira?
 — Não. Você não é.
 — Sou. Tenho tanto medo. Sempre tive. Tenho medo de te perder.

— Mas isso nem é possível — disse Francis. — Você não sabia disso? Não é possível.

Francis pegou as mãos de Elsa de novo, que, de repente... ele mesmo não tinha certeza, mas era como se as visse de verdade pela primeira vez. Mãos extraordinárias. Mãos maravilhosas. Nelas estava toda a vida dele..

— Você é minha mulher — disse ele. — E eu sou seu marido. — Ele beijou aquelas mãos de novo e continuou: — Eu te amo.

— Eu te amo, Francis — sussurrou Elsa, muito baixinho, como se tivesse encontrado só um restinho de fôlego para isso no fundo da garganta, mas finalmente o fez.

Finalmente saiu!

Ela começou a chorar porque agora não precisava mais ter medo de morrer sem ter dito aquelas palavras. E assim que o medo de morrer de repente desapareceu, o desejo pela vida surgiu, inundando-a com tanta força que Elsa, aos prantos, abraçou o marido, pegou seu rosto com as duas mãos e beijou-o como havia muito desejava beijar.

Como uma mulher apaixonada e sem medo.

Ela queria olhar para ele e sorrir e se perder em suas respostas, queria tudo dele; ela agarrou as mãos do marido e pousou-as no rosto. Então eles se abraçaram e se entreolharam.

Nunca tinham se beijado desse jeito antes, nunca tinham estado próximos daquele jeito silencioso, se beijando, se encarando, e, ainda assim, aquilo parecia totalmente natural.

Eles se conheciam tão bem, fazia tanto tempo que cresciam juntos, e agora Elsa sabia o que isso significava.

Amar é uma atividade.

E esse lado da atividade lhe agradava muito.

E porque Elsa também era uma mulher de uma energia inabalável, levou Francis para um dos quartos vazios.

E ali, sem nenhuma metáfora, ela continuou o que não queria mais apenas ler nos livros.

Havia muito o que **recuperar**.

E aquilo era apenas o começo, o que era a melhor parte.
Elsa riu.

Enquanto isso, na cozinha, Vida pousou as bandejas de prata vazias e se apoiou na grande mesa de aço inoxidável no meio do cômodo.

— Por que o senhor vem aqui há anos, mesmo morando a apenas vinte minutos de distância? — perguntou ela sem se virar para Édou, que estava arrumando as coisas com suas mãos lindas, firmes e serenas. — O senhor dorme aqui, come aqui, me dá bom-dia, boa-noite e não diz mais nada. Olha para mim quando não estou olhando para o senhor, e eu olho para o senhor quando não está olhando para mim. Quando o senhor não me olha, fico gelada. Percebi isso pela primeira vez hoje. Quem é o senhor, Édouard? Por que está aqui hoje?

Silêncio. O silêncio dele, o silêncio dela, então o suspiro profundo dela.

— Eu gostaria de estar olhando em seus olhos ao responder à sua pergunta, Vida.

— Ah. — Vida se virou.

— Fui convidado por Marie-Jeanne Claudel e Valérie Montesquieu. Então fui ao mar e me perguntei por quê, mas essa não era a pergunta certa.

— Não era essa a pergunta certa?

— Não. A pergunta certa é: quem sou eu que ama a senhora, Vida? E esse homem é alguém que ousa lhe dizer isso, e, mais ainda: que ousa demonstrar isso à senhora. E, acima de tudo: é um homem que continuará por perto mesmo se a senhora me expulsar. Esse homem seria diferente daquele que vem aqui há vários anos, dorme, come, dá bom-dia e nada mais. Gosto mais desse do que daquele que tem medo do fracasso. Que esperou demais. Pelo momento certo, pelas palavras certas, por qualquer coisa, provavelmente pela certeza de que não vai errar ou cair. Eu quis encontrar no mar o homem que não tem medo de cair. Quis encontrar aquele que tivesse coragem de saltar. E quero que esse outro homem fique.

— Isso mesmo — disse Vida. — Também quero que ele fique. — Ela tapou a boca com a mão, surpresa consigo mesma.

Nesse instante, de outro canto qualquer da cozinha, eu saí silenciosamente pelas portas duplas de vaivém.

Já estava tudo ali, em Vida, ela só tinha guardado no lugar errado. Eu apenas havia forçado a abertura de uma pequena gaveta empenada, e estava tudo lá: a ousadia, o tropel no coração.

Édou assentiu. Ele se aproximou dela. Vida inclinou um pouco a cabeça e prendeu os cabelos para trás. Levantou-os com as duas mãos. Fechou os olhos.

Édou aproximou-se ainda mais, ficou muito, muito perto dela, e lhe deu um beijo delicado, caloroso e provocador na lateral do pescoço. Naquela transição suave entre o pescoço e os ombros. Naquela nudez inocente. Exatamente onde ela brilhava, e ele não podia ver, mas mesmo assim sabia.

Vida sorriu.

Em seguida, arrumaram a cozinha juntos e levaram o queijo para a sala, mas estava vazia, com exceção de Marie-Jeanne e Valérie, então entregaram os pratos nas mãos das duas e voltaram para a cozinha.

Havia tanto a ser dito. Havia tanto a calar e olhar nos olhos um do outro. Tudo estava diante deles. Todas as perguntas: Como você era quando criança? Com o que sonha?

Quero mais um beijo.

Foi um momento de tranquilidade.

Tanta confiança. Tão pouco medo.

Como se já se conhecessem há muito tempo.

Loulou e Luca também tinham sido envolvidos por aquela noite misericordiosa.

A noite estava perfumada, e os pássaros noturnos cantavam das encostas das montanhas.

Eles queriam se abraçar, queriam se chacoalhar e se apertar, queriam se bater por terem ficado longe por tanto tempo, queriam tudo — e nada faziam.

Foram em silêncio até a piscina bem abaixo do hotel e tiraram os sapatos, sentaram-se na beirada e mergulharam os pés na água.

As estrelas ondulavam na superfície, e seus pés se aproximaram, mas não o suficiente.

Em dado momento, a sensação tensa de ter que dizer alguma coisa, fazer alguma coisa, os abandonou.

Simplesmente ficaram ali sentados.

Sem explicações.

Luca levantou a mão e acariciou os cabelos de Loulou.

Ela fechou os olhos.

Então os dois se deitaram na grama quente, os pés brincando na água, fazendo dançar o reflexo das estrelas.

Suas mãos se encontraram.

Se entrelaçaram.

Se apertaram.

Então ele ergueu o tronco e se inclinou sobre ela.

Dedos que acariciavam. Mãos carinhosas.

E ainda nenhuma palavra.

Que noite.

Que noite de amor.

E estavam todos salvos.

32

A coisa mais linda do amor é o último metro até ele

Na manhã seguinte à noite do amor, Loulou acordou ela mesma.

Só então percebeu que havia tentado ser outra pessoa. Tinha funcionado tão bem, de um jeito tão perturbador, que ela até se odiou. Com toda força.

Quando voltou a ser ela mesma, seu primeiro pensamento foi: vou ter que dizer para o André que eu não o amo.

O segundo pensamento:

"Luca não me beijou."

Ele não me beijou de fato, apenas acariciou meus cabelos várias vezes, meu rosto, minhas sobrancelhas, meus lábios — ah, eles ainda queimavam por não terem sido beijados! —, e não falamos nada, não negociamos nada, não esclarecemos nada, absolutamente nada.

No entanto: sou eu mesma de novo.

Deitada no centro do tempo, não vendo mais a noite, nem as estrelas, apenas os olhos dele que não paravam de fitá-la, e lá estava ele, o ponto luminoso ao qual o mundo estava preso, em torno do qual tudo girava, e esse ponto os ligava. Ali começou a calma, ali começou o movimento.

Ali ela era ela mesma.

Essa sensação era tão presente, como se Loulou ainda estivesse deitada ao lado da piscina do hotel de Vida — com um frio na barriga — e tocasse, acariciasse, olhasse o rosto de seu companheiro acima dela, e já sentia isso como uma vida inteira.

Não uma vida fácil. Ah, não. Quantas vezes ela ficou com raiva! E com razão. Como saboreou a raiva doce quando percebeu que irritava aquele menino! Como era bom irritar alguém.

"Marie-Jeanne tinha razão."

Esse foi o terceiro pensamento nítido.

Era possível vê-lo, quando se olhava bem para ele, mas com os próprios olhos, com o próprio eu.

Não esse outro eu, que assusta o verdadeiro eu e, *zás*, quer enfiá-lo numa caixa pequena e transportável, em uma moldura que é tolerável para si mesmo e para os outros.

Esse eu verdadeiro temperamental, que se satisfaz com a raiva, com as brigas, com a reconciliação, que é tudo menos razoável, gentil e agradável — esse eu verdadeiro consegue ver.

O brilho.

Dois dias depois do salão literário, Madame Colette Brillant pegou seu nanquim, seus utensílios de escrita e desenho, entrou em seu carro e dirigiu para o sul, sem parar, até Sanary-sur-Mer.

Andou muito tempo por entre as fachadas em tons pastel da vila de pescadores, pelas ruas estreitas; dos bistrôs, restaurantes e cafés chegavam os cheiros e os sons da vida de um sul à beira-mar.

Antes de ir até Pierre, ela quis saborear esse momento. Tomar consciência da mudança.

Quis olhar com atenção, como olhava as montanhas, para sentir que estava viva.

Às vezes, a coisa mais linda do amor é o último metro até ele.

Colette sentou-se no Café de Lyon e olhou para um grupo de meninas. As cinco não olhavam para o céu nem para suas cintilantes estrelas recém-nascidas no leste, sua meia-lua, que deixava uma trilha prateada sobre as ondas escuras. Não olhavam para as colinas escuras, para os penhascos junto ao mar, que pareciam recortados e escuros como bosques de alecrins. Não olhavam para o oeste, para a luz filtrada, misturada com os últimos fios do pôr do sol, não percebiam que o ar estava salpicado de brilhos dourados e vermelhos. Era como se aquelas garotas que lhe eram estranhas não vissem nada do mundo como ele era, embora ele as penetrasse constantemente, remodelando-as por dentro. Garotas jovens, barcos frágeis.

Estavam com medo e tinham tanto apetite pela vida, que quase explodiam; cada coração dói tanto, a vida é tão grande.

Mas elas não viam. Só viam sua suposta inadequação, o que não tinha a menor importância.

Não é preciso ser perfeito para ser amado.

Pelo contrário.

Você tem de ser você mesmo.

Era quase como se Madame Brilliant pudesse ver pequenas luzes no corpo e no rosto das meninas.

Ela terminou seu rosé, encaminhou-se com muita calma para dentro de uma vida desconhecida e, por mais que esta viesse a durar, ficaria atenta.

Pierre havia cozinhado para ela, e quem quer que o tenha observado, presenciou uma oração.

Eles se sentaram à mesa e havia velas acesas, e ele olhou para ela como se não se cansasse daquele momento.

— Um milagre está acontecendo conosco — disse ele.

— Sim — concordou Colette.

Ele beijou a mão dela.

Fagulhas.

Na sétima noite depois do salão literário, em seu dia de folga, Édou foi buscar Vida no hotel.

— Sua vez agora — disse ele —, agora mesmo.

Ele sabia que ela precisava cuidar do hotel e de seus hóspedes, que a tarefa a consumia e não seria fácil criar nela um lugar de "não fazer nada", de "não estar nem aí e isso bastar".

Ele tinha tempo. Dedicaria toda a vida para fazê-lo.

Édou levou Vida para fora do vale, atravessou as quatro montanhas; um piquenique no bosque de cedros, um mergulho no rio, um longo "não fazer nada" no jardim de sua *manoir*.

Acariciar. Esconder a cabeça. Quando a dor passar, a dor que nem se sentia de tanto doer.

Será que sou suficiente?, diziam os olhos dela.

Não!, dizia o olhar dela.

Levaria um tempo.

O Amor não pode fazer tudo, pelo menos não de imediato.

Um dia: aí sim.

Então sou capaz de tudo.

No oitavo dia depois do salão literário *Littéramour*, Jean Finkielkraut convidou Madame Chatelet para um café (duas vezes, na verdade! De acordo com o relato obtido na padaria Raspail), depois para um *coup* no Bar du Centre do Luc de Marselha; riram muito, mas tratando-se com cerimônia, e, por fim, estenderam o almoço no jardim dele até a tarde e, a partir daí, não pararam mais de falar de livros enquanto cozinhavam e comiam juntos, bebiam e dançavam e discutiam e brigavam e respiravam e se reconciliavam e...

O que quer que quisessem ser um para o outro.

Que dança selvagem do espírito, que primeira noite ardente de amor, na qual os dois, esquecendo a vergonha de seus corpos já não tão jovens, se perderam um no outro.

— Quem diria — disse Francis certa noite durante o jantar. Agora já não podia mais aparecer sem mais nem menos na casa de Jean Finkielkraut, coisa de que sentia falta, mas, por outro lado... por outro lado, era mesmo por outro lado.

Pegou delicadamente de novo a mão de Elsa, que não estava mais cerrada em punho ao lado do prato, levou-a até a bochecha e disse:

— Eu te amo tanto.

— Eu te amo, Francis — disse Elsa, e ela repetiu, e de novo, não se cansava, tinha de compensar os vinte anos de silêncio.

Marie-Jeanne saiu de mansinho para a luz da tarde.

Se havia pena, havia também felicidade compartilhada. E a dela era uma fonte, uma fonte de fogos de artifício.

Mas também doía muito nela.

Apaixonar-se é quando duas pessoas ficam se olhando.

Amar é quando os dois olham na mesma direção.

Para além do amor, ninguém olha para você.

Um mês depois do salão literário, Valérie e Marie-Jeanne foram de carro a um cemitério nas montanhas. Um desses cemitérios empoleirados no alto das encostas, junto de aldeias há muito em ruínas na Drôme. Simples cruzes de metal das guerras, lápides desgastadas de séculos passados. Um silêncio pesado.

Ficaram muito tempo sentadas na lápide com a foto da melhor amiga de Valérie, o amor da sua vida, um grande amor com quartos separados e sem um beijo sequer.

— Ela está dentro de mim, sabe? Gabriela. Sua voz, seu cheiro, suas piadas, seu sorriso, sua maneira de pensar. Quando sinto saudades, dou um passeio dentro de mim e permito que todas as lembranças venham, todas, cada uma delas. E, então, eu choro, depois rio e sinto falta dela. E depois lhe digo que estarei com ela em breve.

— Em breve? Gostaria de me dizer algo, Madame M.?

— Em breve é, suponho eu, absolutamente relativo em todos os aspectos. Confesso que adoraria passar mais algumas décadas emprestando livros e, quem sabe, organizando mais alguns salões literários cuja motivação seja realmente só a literatura.

Ela se levantou.

— Sempre deixo um poema para ela — revelou Valérie. — Ou melhor: deixo para mim mesma. Porque aqui, no cemitério, só está o nome dela.

Ela fechou os olhos, respirou fundo, abriu-os de novo e olhou para a foto na lápide.

Quando você falava
Era minha metade do céu
Quando você dormia
Era apenas amor e mar
Quando você morreu
Eu fui a sua terra.

Seis semanas depois do salão literário, Marie-Jeanne selou seu cavalo branco como a espuma do mar.

☛ *A última conversa entre a oliveira e Marie-Jeanne Claudel*

Napoléonne pastava, arrancando os brotos ao redor da árvore. Marie-Jeanne estava deitada sob a oliveira, o rosto voltado para a copa da árvore, os pés apoiados no tronco. E a velha oliveira, tão relutante em revelar sua idade, deliciava-se com o jogo de luz e sombra das folhas naquele rosto familiar.

Seu olhar estava tão frio. E, no entanto, havia algo novo em suas feições, uma marca ainda incipiente, uma expressão que mais tarde se manifestaria com maior nitidez. A profunda mágoa de estar nua em sua própria vida — e sozinha.

Ela contou tudo à árvore, que ouviu com atenção.

Quando finalmente anunciou sua decisão, a oliveira não tentou demovê-la da ideia.

Porque isso também era uma verdade: todo mundo tem direito à própria infelicidade, e isso incluía Marie-Jeanne.

Treze anos. Era tudo o que tinha. Juventude, estupidez, frivolidade. Seriedade. Coragem.

Tudo era novo, tudo acontecia pela primeira vez.

— Ah — disse Marie-Jeanne no fim —, só mais uma pergunta. Se um dia eu quiser parar de ver as luzes do sul. O que devo fazer?

E a árvore lhe disse.

Marie-Jeanne abraçou a amiga e lhe coçou as costas uma última vez. A oliveira curvou os ramos tanto quanto possível, os brotos jovens, os ramos macios, para abraçar a menina.

Não conseguiu, porque essa não era a sua natureza.

Por que não choveu justamente naquele dia?

33

Quinze anos depois

Todos os anos, pela décima vez desde seu décimo nono aniversário e sempre nas Noites de São Lourenço, Marie-Jeanne voltava a Nyons. Já era tradição que o casal Loulou e Luca, o casal do tango que ainda se tratava com cerimônia, Géraldine e Jean, os pais adotivos de Marie, Francis e Elsa, a bibliotecária itinerante Valérie Montesquieu, a calígrafa e mulher do *chef* de cozinha Pierre, Colette, se juntassem a Édouard e Vida no Dolce Vita. Sempre na biblioteca, e eles comiam, bebiam e conversavam até depois da meia-noite, para, em seguida, sair para o terraço, inclinar a cabeça para trás e se entregar à Noite dos Desejos.

— Você se lembra... — era sempre assim, no máximo durante a sobremesa —, se lembra de como quase não nos conhecemos?

— O senhor foi à barraca de queijos da feira cerca de um milhão de vezes antes de me dar um educado *bonjour*, meu querido. Era o caso de perguntar: o que o queijo tem que eu não tenho?

E Jean Finkielkraut corajosamente pegava a mão da tabeliã.

— Ele piscava para mim, Madame. — E eles se encaravam com aqueles olhos brilhantes que ainda pareciam tão jovens.

Loulou e Luca levavam com eles as gêmeas Marie e Jeanne, que nos primeiros anos dormiam em cestas de vime, depois se arrastavam para debaixo das mesas, puxavam as barras das calças e as toalhas de mesa e, em algum momento, acabaram se transformando em leitoras vorazes, que liam com destreza tudo que viam pelo caminho, de prateleira em prateleira na biblioteca de Vida, e contavam animadamente à tia postiça (foi assim que Loulou rotulou Marie-Jeanne) o que tinham lido.

O ex-comerciante de velharias Francis Meurienne tinha agora uma esposa, Madame Elsa, autora de livros de culinária muito conhecida na região e que havia sido traduzida para várias línguas. Ele mesmo ainda ia entregar livros de empréstimo e sob encomenda a conhecidos que se tornaram amigos. Por exemplo, ao parisiense da comunidade hippie, que não existia mais; o parisiense virara camponês e já não falava por enigmas, mas com o coração.

— Quem vem para o *Festival du Livre* do Monsieur Mussigmann este ano? — perguntou Pierre que, como sempre, cozinhava para todos. Ao longo dos anos, Francis tinha aproveitado a oportunidade para ajudar Monsieur Mussigmann no festival de literatura, para conversar com as pessoas cujos livros ele lia; só para descobrir: "Elas são exatamente como eu." O município de Nyons havia começado a construir uma biblioteca, mas o Bibibus ainda funcionava, só que agora com uma parceria oficial, e o *departement* remunerava os bibliotecários itinerantes. Valérie continuou a servir de conselheira para a biblioteca e, quando falava sobre literatura, sua boca brilhava. Mas Marie-Jeanne também estava preocupada; os quinze anos não tinham passado sem deixar marcas na amiga, que agora estava com setenta e nove anos e teve que trocar o guarda-chuva bordado de renda por uma bengala.

Valérie chamava os nomes — Roald Dahl! Christine Dupont! — e Colette pegava as respectivas fichas. Marie-Jeanne se sentia grata pelo fato de sua numerosa família nunca lhe fazer perguntas. Por que tinha aparecido sozinha de novo? Por que nunca tinham ouvido nada sobre a existência de "alguém"? Às vezes ela se perguntava se Valérie havia contado tudo aos outros. Mas, se assim fosse, não teriam aquelas conversas — "Você se lembra de como quase não teríamos nos conhecido se não fosse pelo salão literário?" —, que geralmente continuavam com todo mundo fantasiando sobre o que tinha sido necessário para juntá-los naquela noite mágica.

— Imagine se Francis nunca tivesse tido a ideia do Bibibus.

— Ou imagine se eu nunca tivesse me mudado para cá.

— Ou imagine se eu nunca tivesse nascido.
— Ou você teria ficado com o chato do André.
— Ele não era tão chato assim...
— Safada!
— Seu monstro!

Valérie e Marie-Jeanne se entreolhavam rápida e discretamente, enfiavam a cara na comida e murmuravam algo como "Sim, isso é muito incrível" com a boca cheia.

— Como vai a livraria? — Francis perguntou à filha. Seu rosto havia mudado naquela década e meia, havia um sorrisinho em volta da boca, e os olhos eram de um azul quente, mas revestidos por uma suave melancolia.

— Continuo com o salão literário às quartas-feiras. Vou alugar um café e bistrô ao lado e ampliar o espaço.

Ela não chegou a falar que seus salões literários viviam superlotados. A notícia havia se espalhado de repente. Na loja de Marie-Jeanne, que se chamava *Librairie Lumières du Sud,* ou seja, Livraria Luzes do Sul, um número surpreendente de casais se conheceu nos últimos dez anos. E assim as noites literárias ainda tinham o nome do primeiro clube do livro dos corações em busca de um par, *Littéramour*: viviam cheias não apenas de fãs de livros — que queriam que Marie-Jeanne e sua funcionária, Lili, lhes apresentassem autores e novas publicações, ou queriam ouvir um escritor ou escritora lendo sua obra —, mas também de pessoas à procura. Pessoas de todas as idades; às vezes vinham sozinhas, timidamente girando o coração nas mãos, às vezes num grupo de cinco, clubes de mulheres, turmas de meninas, às vezes em pares, em busca de um marido e do melhor amigo. E havia cada vez mais. Também por isso Marie-Jeanne planejava uma ampliação.

Uma livraria e um catálogo de endereços bem organizado com as clientes e os clientes (e suas luzes do sul) provaram ser a camuflagem perfeita. Aqui e ali, um convite em certas caixas de correio que reuniam na livraria os interessados em vinho e histórias, e permitiam que a alquimia dos livros entrasse em ação: Marie-Jeanne não podia fazer mais por eles. Mas também não menos.

Ela passava o tempo lendo, vendendo livros, procurando as luzes do sul e deixando-as colidir livremente, com asas de papel.

Sua livraria havia se tornado um lugar mágico.

E, a certa altura, isso se espalhou, e sempre havia mais pessoas, que às vezes dirigiam três ou quatro horas na esperança de encontrar algo mais que apenas bons livros na Livraria Luzes do Sul.

— Vai me convidar de novo, Mademoiselle Jeanne? — perguntou Jean Finkielkraut. Ele havia passado a escrever comédias românticas e deixou para trás o desejo de agradar as páginas dos suplementos de cultura da distante Paris. — Recuperei uma ideia antiga. Acabei de me lembrar dela outro dia, nem sei por que não a levei adiante. Era sobre a biblioteca itinerante, sobre livros, sobre o amor. Então imagine: os casais são conectados muito antes de se conhecerem, com uma espécie de vínculo invisível de luz e...

— Que ideia horrível — zombou Valérie.

— Péssima — concordou Marie-Jeanne. — Não vai vender nada.

— Eu já falei que o senhor já está ficando muito esquisito, Monsieur. Madame Chatelet deu um beijo carinhoso na bochecha de Jean.

Eu estava sentado em silêncio com eles, como sempre fazia. Gostei do que fizeram comigo. Com o que deixei para eles.

Mas Marie-Jeanne.

Todas as noites. Todas as noites silenciosas.

Ela estava ali para todos, e ninguém para ela.

Obviamente, ela vivenciou amizades, próximas, não tão próximas; houve alguns homens que se apaixonaram por ela, outros que a desejaram, mas ela sempre encontrou as palavras certas para se desvencilhar. Experimentou o beijo e achou extremamente agradável, mas se perguntou como seria quando se beija por amor.

Olhei para Marie, o cabelo comprido e escuro que ela usava preso, os olhos azuis por trás dos óculos pretos redondos, nunca enfeitados por maquiagem, o corpo, que nunca havia sido acariciado, vestido com camisa branca e calça jeans. Seu olhar, que sempre se voltava para o fundo do coração e o encarava cheio de paciência e preocupação. Sua força. E como ela ainda respeitava a beleza das coisas.

Édou sentou-se ao piano, o que se tornara uma tradição. Jean e Pierre sabiam de cor os sucessos e canções francesas — *"La Mer"*, *"La Vie en Rose"*, *"Boum"*, *"Les Champs-Élysées"* —, Madame Chatelet exibia sua voz de jazz em *"Summertime"* e *"Lullaby of Birdland"*, e Jean Finkielkraut resplandecia de orgulho e desejo.
    Colette Brillant dançava de forma tão lenta e hipnótica que Pierre se esquecia de comer. Luca e Loulou dançavam de rosto colado, enquanto as gêmeas Marie e Jeanne se aninhavam à esquerda e à direita de Valérie, os olhinhos brilhando e cansados.
    E talvez fosse a soma dos anos. A soma de noites como esta, os casais, todo o amor, que fez Marie-Jeanne se levantar e sair.
    Porque ainda doía.
    Que não houvesse nenhum olhar desejoso sobre ela.
    Nem um orgulhoso.
    Nenhum código e nenhuma comunicação silenciosa cultivados mutuamente por anos. Nenhuma soma de momentos imperfeitos e perfeitos.
    Ela foi embora, discretamente, pouco antes da meia-noite; logo viria a torrente de meteoros Perseida, choveria estrelas, e naquela noite os desejos eram permitidos.
    Marie-Jeanne se lembrou do que a oliveira havia lhe dito. O que fazer, quando e como, se ela quisesse ficar cega para as maravilhas do amor.

Quando ela quisesse me libertar.
    Porque era isso que ela tinha de fazer: tinha de me libertar para me ter por inteiro. Tinha de parar de me ver e me compreender para se perder em mim.

E era por isso que eu sempre estava lá, em todas as Noites de São Lourenço, e segui Marie-Jeanne nesta também. Nas Noites dos Desejos tudo pode se realizar.

Com a camisa branca no escuro, ela fugiu para não incomodar os outros, para se misturar completamente com a escuridão.

Ela subiu a montanha, em direção à Col Renard, onde o céu parecia mais próximo.

Ali onde ela via os fios finos subindo dos vales, as luzes do sul em sua busca.

Eu me sentei ao seu lado.

Lágrimas de estrelas.

As Perseidas chegaram.

— Você está aí? — perguntou Marie-Jeanne em dado momento.

— Sim. Estou aqui, Marie-Jeanne. Estou sempre com você.

— Se está aqui, quero te ver. Tenho algo a lhe dizer.

E, por ser ela, eu me mostrei.

Ela não olhou diretamente para mim, continuou olhando para o céu. Então sorriu.

— Eu sempre soube que você tinha a aparência de um homem — disse ela. — Mas você é tudo, de tudo, não é?

— Sim — respondi.

Na verdade, minha forma é o que os olhos humanos percebem como um homem; nem jovem, nem velho, cabelo escuro, algumas mechas grisalhas, um rosto que poderia pertencer a uma mulher ou a um homem, não muito bonito, o Amor nunca é apenas bonito.

— Me deixe — disse Marie-Jeanne. — E volte.

Ela virou a cabeça e olhou para mim; seu olhar estava calmo, composto.

Ela esperou. Nós dois esperamos. Precisávamos de um aliado, apenas um. E, a certa altura, as estrelas nos deram esse aliado, a estrela cadente cruzou lentamente o firmamento e era verde e dourada.

— Eu gostaria de te libertar. Desejo ficar cega ao Amor. Desejo não conhecer o Amor. Desejo não saber nada sobre você.

A estrela cadente incandesceu e apagou.

— Eu te amo — falei para Marie-Jeanne.

Mas ela olhou para mim e eu sabia que ela não tinha me ouvido.

Levantei a mão, tremendo, e acariciei seu rosto. Sua boca. Suas pálpebras. Seu coração. Suas mãos. Seus braços, seu pescoço e seus joelhos; eu toquei todo o seu corpo, fiquei inebriado, eu a envolvi em tudo que eu tinha e, enquanto isso, ela olhava as luzes do sul. De repente, franziu as sobrancelhas.

Estava à procura.

E agora olhava para o mundo como qualquer outra pessoa; o carinho, o desejo, o amor, os sentimentos, um mistério tão inescrutável quanto a vastidão da noite.

— Desapareceram — sussurrou ela.

Então ela enterrou o rosto nas mãos e chorou, o pranto de uma pessoa solitária que chora de culpa e alívio, de vergonha e gratidão, e isso partiu meu coração estúpido e imprudente.

— Marie-Jeanne! — Vida chamou do terraço. — Começou, as estrelas cadentes estão chegando!

Marie-Jeanne voltou, com passos de uma casa em chamas; vi seus joelhos tremendo, seu coração batendo diferente. De repente, vi a dor que a invadia. A dor, a saudade, a fisgada, oh!, lá ia ela, uma amante, e lá vinha ele, o desespero, quem ela amava? Quem a amava? E só então eu me lancei sobre ela, como um predador.

Mas Marie-Jeanne sorria enquanto chorava. Abraçou um a um.

— O que está acontecendo, querida? — perguntou Elsa, enxugando as lágrimas do rosto de Marie-Jeanne.

— Está com algum problema na livraria? — questionou Francis.

Ela fez que não com a cabeça, e agora só eu conseguia ver: a luz do sul, que brilhava em todo o corpo de Marie, pairou no ar noturno — não, ela se catapultou para cima! — e se foi.

Seu príncipe já havia nascido. Ele já a procurava. Eu tinha escolhido bem, anos atrás, sem saber se ela algum dia me libertaria.

Se ele iria encontrá-la ou quando, eu não poderia lhe dizer. O que fariam com esse encontro: isso é incerto. Eu poderia subornar o Destino e o Acaso, o Milagre e o Tempo, mas todos tinham sua própria vontade implacável.

Poderia acontecer amanhã ou daqui a cinquenta anos.

Aconteceria a qualquer dia, em uma hora inesperada, sem aviso, sem presságio, justamente quando ela não estivesse pensando no assunto.

No meio da vida, é assim que eu aconteço.

Eu venho, eu fico, eu vou.

Simples assim, e não há nada que você possa fazer a respeito.

Absolutamente nada.

34

Quem sabe o que ama e o que odeia, o que quer e a que lugar pertence quando está sem livros?

— E você consegue? — perguntou Lili, apontando para as doze caixas de livros. Dava para ver que ela estava com medo de que a chefe pudesse responder, "Na verdade, não".
— Claro que consigo. Vá encontrar o seu Marc-Antoine.
— Ele não é o *meu* Marc-Antoine!
— Tem certeza?

Lili corou, murmurou algo como "Nós só vamos tomar um sorvete" e fechou a porta da loja atrás de si. De tão envergonhada, a estagiária de Marie-Jeanne esqueceu de virar a placa de "Aberta" para "Fechada".

Marie-Jeanne foi até a caixa de livros mais próxima.

Haviam feito pedidos, devoluções, tinham de se preparar para o próximo salão literário e para o fim de semana prolongado de Páscoa. Ela pegou uma pilha de novas aquisições e subiu a escada.

Ela adorava as noites depois que sua *Librairie Lumières du Sud* fechava. Os livros e ela. Música suave. E ninguém mais. O diálogo com as personagens e o mergulho em seu oceano de histórias.

Ela subiu a escada e reorganizou os livros: os anos de 1985 e 1986 produziram um número surpreendente de romances policiais, romances confessionais e livros de não ficção sobre política. Além de uma grande e extensa literatura fantástica.

— Olá, senhor Updike — disse ela quando chegou à prateleira de cima. — Poderia se mover um pouco para o lado, por gentileza?

Ela limpou e arrumou, encontrou tesouros e os colocou na prateleira abaixo: esses ficariam em destaque junto à caixa registradora, ela deveria lê-los de novo e...

A discreta campainha da porta tocou suavemente.

— *Bonsoir.* Sei que cheguei tarde. Mas... simplesmente não consegui passar direto pela senhorita. Digo, pela sua livraria. *Pardon,* não estou falando coisa com coisa. Que tal eu entrar de novo e tentar não titubear tanto?

Marie-Jeanne não se virou imediatamente para a voz desconhecida abaixo dela.

Uma voz de homem. Dava para ouvir o sorriso nela. Cordialidade. Tranquilidade. Estrelas. E um grande nervosismo que o surpreendeu.

Ela encaixou os livros à sua frente com precisão milimétrica, embora já estivessem rigorosamente perfilados, como soldadinhos de papel. Acariciou os nomes: Sten Nadolny. Marion Zimmer Bradley. John Updike. Douglas Adams. Alice Walker.

Um dia qualquer. Uma hora qualquer.

Sempre quando não se está à espera.

Então, de repente, algo começa a brilhar.

Ela queria aproveitar aquele momento, fixar na memória a forma como tudo começou. Que seria assim, que algo havia começado naquele instante — foi o que aquele batimento totalmente desconhecido em seu coração lhe disse. Tudo ficou muito amplo e brilhante dentro dela.

E esta alegria!

Que não podia ser comparada com nada, nem com a alegria exultante de quando tirava da caixa um livro novo de uma escritora querida. Nem com a grandeza selvagem de quando acelerava sua velha motocicleta Triumph através de um dos túneis da Drôme. De quando voltava a Nyons e encontrava as gêmeas Jeanne e Marie, que pulavam em cima de Marie-Jeanne, pensando que sua tia postiça era algo como um trampolim humano com um estoque inesgotável de histórias.

Essa alegria agora era uma espuma.

Um tremor doce e bem desperto dentro dela.

Então era isso que se sentia?

Era a melhor sensação do mundo!

E logo ela se viraria e olharia naqueles olhos que a amavam.

Logo ela e o estranho se reencontrariam pela primeira vez.

Ele seria lindo. Independentemente de sua aparência. De quantos anos tivesse. Do quanto ela se magoaria ou seria feliz com ele.

Ela amaria.

Por uma noite? Por um ano?

Talvez para sempre.

Marie-Jeanne sorriu.

Por fim, ela se virou.

— Fique — disse ela. — Eu estava aguardando você, de qualquer maneira.

O homem olhou para ela, os olhos azuis sob o cabelo escuro, como se não estivesse surpreso com sua resposta. Nada surpreso, perplexo nem confuso com aquilo. Ele sorriu e estendeu a mão para ajudá-la a descer a escada.

Dentro dela, esse brilho desconhecido, espumante e suave se desdobrava cada vez mais. Ela segurou a mão dele.

E assim ficaram os dois.

Sorrindo, sem palavras. Tímidos. Confiáveis. Estranhos.

E assim começou.

Uma última conversa

— Sente um pouquinho de saudade? — perguntou a oliveira muito velha, que não falava a idade.
— Saudade de quê? Do Destino chiliquento? Do Acaso desempregado? Da Lógica esnobe? Você sabe quantos amantes se reconheceram e, *pá!*, pegaram um atalho no meio do Caos?
— Sim. Quatro mil cento e oito.
— Isso é metade de uma cidade pequena.
— Ou de um vilarejo maior.
— E agora? — perguntou a oliveira. — O que faremos agora?
— O de sempre: observar. Ver o que eles fazem disso — respondi.
A árvore farfalhou melancolicamente.
— Acha que alguém vai escrever sobre tudo isso?
— Quem? — perguntei.
— Talvez uma feiticeira que escreva a um senhor distante nas montanhas. Com palavras escandalosas. Ela escreve uma pequena e delicada história sobre os vários tipos de amor. Só para ele. Apenas para uma única pessoa, para confortar essa pessoa.
— Por que não? — respondi. — Os livros são a última alquimia do nosso tempo. Com eles, tudo é possível. Tudo.
A árvore respirou e se espreguiçou, e eu me encostei em seu velho tronco orgulhoso; eu me sentia bem em ser o Amor.
Não sou perfeito. Em geral, chego em má hora.
Mas sou eu que ajudo vocês a viver e a morrer.
Sou tudo, de tudo.

Comentário da autora

O livro *Luzes do sul* — escrito sob o pseudônimo de Sanary — apareceu pela primeira vez no meu romance *A livraria mágica de Paris*. Só ali o livro inventado existia.

"Pois *Luzes do sul* de Sanary fora a única obra que tocara sem machucá-lo. Ler *Luzes do sul* era uma dose homeopática de felicidade. Era o único bálsamo que conseguia aliviar as dores de Perdu — um riacho frio e lento correndo sobre a terra chamuscada de sua alma."

É o que lemos no início da história, quando conhecemos o livreiro parisiense Jean Perdu e sua *pharmacie littéraire*, a livraria no Sena, um barco convertido em que Jean Perdu vende livros como remédio e tenta não sentir muitas coisas. Porque sentir significa amar, e amar significa sentir falta de Manon. *Luzes do sul* era uma história sobre os vários tipos de amor, foi o que pensei do livro dentro do livro.

Jean Perdu sente que o romance é "repleto de palavras inventadas maravilhosas e impregnado de uma grande compaixão". Ele pensa no livro, vê a luz que se movimentava sobre os rios. "O livro é como a mulher que amei. Ele me leva até ela. É amor líquido. É a medida do amor que eu quase não suportei. Que eu quase não consegui sentir. Foi como o canudinho pelo qual respirei nos últimos vinte anos."

Só que parecia impossível, para ele, descobrir quem era Sanary.

"'Sanary' — em homenagem ao antigo exílio de escritores, Sanary-sur-mer, na costa sul da Provence — era um pseudônimo indecifrável. Duprés, o editor dele — ou dela —, estava em um asilo nas proximidades da Île-de-France, com Alzheimer mas muito bem-disposto. Nas visitas de Perdu, Duprés o regalara com dezenas de versões de quem seria Sanary e de como o manuscrito havia chegado às suas mãos."

A busca pela pessoa por trás do codinome "Sanary" acompanha o livreiro por vinte anos e permeia a jornada de Perdu, Max, Cuneo e uma comitiva de personagens adoráveis em *A livraria mágica de Paris*.

O pseudônimo é decifrado no último terço do romance, mas não vou lhe contar agora. Só uma pista: sim, é uma mulher. Ela escreveu *Luzes do sul* na década de 1980 para ser encontrado. Pela única pessoa que a amaria no fim, como se ela fosse a verdadeira razão de sua vida.

Quando *A livraria mágica de Paris* virou um best-seller internacional, chegaram a mim centenas de cartas de leitores, de Varsóvia e São Paulo, Atenas e Ohio, que pediam pelo livro *Luzes do sul*, e todas as vezes precisei confessar que era apenas um livro inventado dentro de outro livro. Assim como *A noite*, de Max Jordan (de quem sinto muita falta e adoraria saber como vão as coisas com ele. E com Perdu e seu barco também. Mas, um passo de cada vez...).

Pouco antes do fim de *A livraria mágica de Paris* lê-se: "Há livros que são escritos para uma única pessoa." Prometi a minhas leitoras e a meus leitores que o livro *Luzes do sul* se tornaria realidade. Para falar dos vários tipos de amor e, desse jeito, como se fosse escrito para uma única pessoa. Aqui eu cumpri a minha promessa.

Agradecimentos

Eu não sei absolutamente nada sobre o amor.
Nada.
Quanto mais velha fico, menos sei sobre ele.
Disse isso ao meu marido, Jens Johannes Kramer, e ele respondeu: "Mas é exatamente assim que precisa ser para se perder nele."
Visto dessa forma, o primeiro agradecimento pertence a ele, porque essa frase cresceu dentro mim por muitos anos, até que pensei comigo mesma: é exatamente sobre isso que quero escrever. Sobre o amor que absolutamente não conhecemos e, se o conhecemos, se ele nos é transparente, então, não amamos.
Jens, você é meu melhor amigo, é minha família, é meu parceiro de escrita e meu marido. Obrigado por ser quem é. A propósito: não tenho ideia do motivo por que te amo e você me ama. Mas esses me parecem bons atributos.

Outro agradecimento vai para Bettina Halstrick, da Giraffenladen, e Andreas Meyer, da Verlagsconsult. Suas loucas! Agitaram-me no meu refúgio no mar do sul, vocês já sabem, e aí, depois de um mergulho gelado em uma piscina à noite, de repente tive vontade de escrever um livro sobre o amor. Vocês duas me acompanharam a seu modo, e aqui e ali mando meu abraço durante a história, vocês vão encontrar, mesmo que a página 145 e seguintes sejam diferentes agora, talvez 186 e 187, quem sabe? Sem vocês, o livro não existiria. As musas não têm um sindicato, mas cada uma de vocês merece pelo menos uma noite de folga.

Anja Keil é minha agente há quase quinze anos. Obrigada pelo conselho de transformar o jazz em uma *chanson*. Outro agradecimento vai para Doris Janhsen, Natalja Schmidt e Steffen Haselbach, por uma leitura tripla um tanto estranha e esclarecedora.

Um grande *merci!* vai para Benoît e Caro, bem como para Violetta; na *mazet* La Traversière, em Condorcet, e no La Dolce Vita de Violetta consegui dormir, escrever e observar. A propósito, é possível encontrar os dois em abritel.fr... O livreiro Monsieur Mussigmann de Nyons ainda não sabe a sorte que teve por ter sido transferido dos dias de hoje para os anos de 1968 até 1985, de uma hora para outra. Visitem o Festival de Literatura de Nyons a cada dois anos, em maio — é uma verdadeira *folie*, uma loucura maravilhosa. E em Nyons havia mesmo um ônibus de livros até meados dos anos 1990.

Mais um muito obrigado aos leitores beta, Janet Clark, Catrin George Ponciano, Carlos Collado Seidel, Christian Mees, Angela Schwarze e Leon Sachs. Vocês poderão encontrar sua entrada favorita nos fragmentos experimentais. Vocês conhecem a versão em "jazz".

Por fim, agradeço ao Amor. Deixe-me dizer uma coisa, seu pilantra: eu ainda não entendo você. Mas obrigada por existir. A saudade. A atração. A falta. O beijo. O não beijar. O abraço quando menos se espera. As lágrimas, a turbulência.

A paz.

Já fui feliz antes. Eu sei como é.

E não me acovardarei diante do amor.

Sempre amarei.

Nina George

Fragmentos experimentais

No decorrer de um romance, surgem outros caminhos, comentários e estranhezas que escrevemos, apagamos, deixamos de lado e, por fim, reunimos, porque não podemos, de jeito nenhum, nos separar deles.
E aqui estão eles, os trechos do rascunho, sem adornos.

☞ **Uma nota rápida sobre amor, morte, armários do interior e pessoas**

Sim, sim, nós, alemães, dizemos *a* Amor. Claro, a língua francesa sabe que o Amor é um homem. E a morte, uma mulher. Conflito e redenção, *l'amour, la mort,* a língua italiana ou o português também sabem disso; em princípio, toda obscura doutrina divina apresenta o fato de que em todas as línguas o Amor e a Morte são um homem e uma mulher, e não o contrário, o que não facilita as coisas.

No entanto, nem uma única língua nos diz que são irmãos. Apenas alguns poetas bêbados com visão muito boa para o invisível haviam discutido o fato em público, séculos atrás. No entanto, o Amor e a Morte cuidaram para que o boato não se espalhasse tão rapidamente. O Amor enviou aos poetas algumas obsessões doentias por meio de outro membro de sua guilda, *la passion.* A Paixão. E isso deve ser interpretado de forma literal. A Morte, então, só precisa esperar alguns anos até que possa arrancar a alma exausta do corpo. O que a Morte faz gentilmente, sempre na forma daquela pessoa a quem o moribundo certa vez amou.

Motivo pelo qual as pessoas ficam com aquele rosto relaxado após a passagem; aquele rosto, como se todo o fardo finalmente tivesse sido levado, a busca, a dor, a saudade, a traição, a preocupação, a culpa, o fracasso, o sentimento de não pertencer a lugar algum, o ardor, a ganância e essa urgência de precisar viver, e é exatamente isso que a Morte faz com eles. Ela nos liberta de todos esses fardos, mas a alma estava apegada, estava inseparavelmente entrelaçada a cada dor, e é exatamente desse jeito: Quem não quer mais carregar um fardo, só precisa entregar a alma em troca.

Por outro lado, o Amor sempre foi capaz de espelhar em seu exterior tudo o que as pessoas, cães, macacos, elefantes, algumas árvores e gansos cinzentos pensavam ver nele: segurança, lar, paz e assim por diante. Pois essas espécies são impressionadas pelo amor e seu fardo é imposto a elas.

Gatos, por outro lado, assim como cavalos, peixes, pedras, ouriços-do-mar, armários do interior, xícaras de café, colchões de penas, acordeões, ursos-pardos, dentistas, o vento, bactérias, o mar — na verdade, o restante dos seres do mundo visível — eram insensíveis ao seu toque. O que é ilógico, pois era de se supor o seguinte: tudo que pode morrer e respirar também pode amar, mesmo que seja apenas a mera presença na própria vida efêmera, a tão confusa visita entre o Tempo e o Céu. Mas a Lógica — um parente distante — não tem nada a ver com o trabalho do Amor. Nem mesmo o entende.

Outra razão pela qual os dois raramente se encontram.

Quer dizer, também por isso.

☞ Sobre Nyons

Nyons. Negligenciada pelo corte frio do vento mistral, sonhadoramente segura na palma da mão das rochas aquecidas pelo sol e dos olivais prateados. As casas apoiadas umas nas outras, as fachadas de arenito caiadas de branco nas cores da flor amarela da primavera, as pálpebras de cores vivas das venezianas azuis e rosadas diante dos olhos estreitos das janelas. Becos sombrios, um tanto tortos e bem percorridos, nos quais gatos com cara de coração observavam a agitação abaixo dos terraços escondidos no alto das paredes (não muito compassivos, é claro, porém, mais do tipo: A-há. Bem, e daí?), uma sinuosa faixa de rio de cor turquesa, o rio Aigues, em cuja água rasa e fresca os raios do sol dançam.

Uma igreja em funcionamento, outra não, uma ponte romana densamente coberta com os corpos lanosos de centenas de ovelhas leiteiras quando os salgueiros são derrubados, um livreiro judeu no coração da cidade, a praça das arcadas. Plátanos de caule branco, bancas de feira, os estalos das bolas de petanca, o murmúrio luminoso da grande fonte em frente à casa do venerável prefeito, o eco das conversas sob as arcadas curvas de pedra. Palavras cantadas, não o duro provençal, mas o dialeto do Ródano com toques de italiano. Café torrado, água gelada em jarras caneladas, *pastis*. Moinhos de azeite, trutas no rio. Um lugar com cheiro de oleandro e de calmaria matinal, prados de cereja e papoulas.

E lá, a garota. Marie-Jeanne.

☞ Mais segredos dos mais secretos

As coisas que estão em conexão direta com os elementos, como madeira, terra, água, ar, metal, outros seres vivos e pedras, ou seja, árvores, compostagem, água da torneira, joias, animais, besouros, bichos-da-seda, granitos, seixos, areia, quartzo, resina, leite, palha, pele, algodão, têm uma peculiaridade profundamente inerente e, portanto, mesas de madeira, armários de interior, panelas de ferro fundido, livros, talheres, porta-retratos, sapatos de couro, vinho, toalhas de mesa, suéteres, chapéus de palha, lenços de seda, colares, casas, galpões, martelos, arados, vassouras, queijos, tábuas de queijo e assim por diante, tinham algo como uma alma-das-coisas. Então, basicamente tudo, exceto tudo que é artificial oriundo de algum laboratório às margens do Lago de Genebra.

Tudo que tinha alma-das-coisas gostava quando era ativamente amado. Ser amado significava ser usado e gostar de uma conversinha de vez em quando. "*Bonjour*, Madame Tábua de Queijo, posso apresentá-la a este queijo Münster-Géromé fedorento? Sim, eu sei: ao cheirar parece um mendigo, mas na boca recebe todos os nossos louvores. O que está dentro nunca se vê por fora, mas as tábuas de queijo sabem disso, afinal elas vêm das árvores, as criaturas mais poéticas ao lado das pedras e da neve, e em suas fibras ainda cantam com o vento e espreitam o rouxinol. ("O que a criança está falando, Francis? Conversando com o queijo e a tábua?" "Ela conversa por respeito, eu acho." "Ela só pode ter ouvido essas bobagens de você." "Muito obrigado.")

☞ Sobre o Pontias e a magia dos livros

Qualquer pessoa que partir pelas encostas sobre Nyons até o topo da fileira de rochas de Devès encontrará o olho aberto da pedra por onde a montanha respirava, onde o monge Césaire de Arles certa vez arremessou sua luva cheia do ar marinho para libertar os moradores de Nyons, que sofriam com o calor e a seca. Outra lenda diz que Deus e o Diabo ainda lutam pelos vales e colinas da Drôme e que são sempre os inexplicáveis ventos que testemunham o duelo. É uma das razões por que a região, as *Baronnies Provençale*, pertence à França esquecida, onde a liberdade e a solidão, a paz e a inquietação, a felicidade e o esforço se chocam.

Bem, sinto um olhar cético diante de minhas palavras aqui; cientistas bem versados em termodinâmica certamente teriam uma explicação sem magia alguma, mas por que estaríamos aqui reunidos em um livro se não decidimos que tudo deveria se encaixar bem aqui: magia e o vasto mundo, milagres e boas explicações? Os livros não são o último lugar no mundo onde pessoas e épocas, paisagens e sentimentos, que de outra forma raramente se encontram, se reúnem?

☞ *O segredo divino dos cavalos de Camarga*

— Poseidon — começou Valérie Penelope Montesquieu, agora com 64 anos e meio, uma bibliotecária itinerante e bem versada em todas as doutrinas conhecidas e menos conhecidas de deuses. — Poseidon, o deus mais impaciente e generoso de todos, que muitos também conhecem como Netuno, viajou por seu grande reino líquido sobre uma carruagem feita de espumas puxada por nove cavalos brancos, tão brancos quanto os borrifos das ondas.

— Mas com quatro pernas? — perguntou Francis.

— Shh — disse Marie-Jeanne.

Valérie olhou pensativamente pela janela.

— Então uma criatura veio nadando em direção a Poseidon, da foz do Ródano, com duas pernas e braços, aliás, e essa criatura era um ser humano. Fora expulso de casa, a terra onde o céu, a terra e o mar se encontram, por um touro poderoso que era tão preto que até fazia a noite estremecer de inveja. A criatura em fuga buscou a ajuda do deus mais generoso da época. E tinha perguntado ao deus certo, porque Poseidon compartilhava com Zeus a então polêmica afeição divina por este fenômeno bizarro chamado homem.

— E daí? Ele recebeu um barco com motor de popa?

— Shh! — repetiu Marie-Jeanne.

— Poseidon afrouxou as rédeas e permitiu que seu cavalo mais forte fosse com o humano. Galopou até a praia como uma grande onda branca, e seu pelo era tão branco quanto o borrifo. Por três dias e três noites, o homem pediu que o cavalo orgulhoso o deixasse cavalgar, porque foi isso que Poseidon lhe deu como aviso: "Cuidado, meus cavalos têm vontade própria, até agora só foram comandados por um deus. Você nunca deve tentar dobrar a sua vontade, tem que deixá-lo ir, ouviu, livre na água e na terra, deve tratá-lo como um dos seus, como uma amiga, uma irmã."

— Então era uma Madame aquele cavalo mais forte de Poseidon? Por que isso não me surpreende?

— Claro que era uma Madame, minha Marie-Jeanne, e você provavelmente leu Virginia Woolf com atenção. Muito bem. Depois de três noites, o cavalo nascido da espuma, em sua essência toda a obstinação, a força e a bondade do mar, deixou o homem montar. Juntos, afastaram o touro preto com um tridente feito de galhos. E, então, a partir daí, os cavalos brancos, os touros pretos e os seres humanos se estabeleceram em Camarga, e cada um deu liberdade ao outro. E o cavalo mais forte de Poseidon era a mãe de todos os cavalos de Camarga hoje, as únicas criaturas que os touros seguem.

Marie-Jeanne bateu palmas, Francis sorriu e disse:

— Mas ainda tinha quatro pernas?

Eles passaram por uma elevação na estrada e, ao mesmo tempo, deram um salto dentro da perua e caíram na gargalhada. E lá estava ele, um daqueles momentos da vida, três pessoas em um carro, sem parentesco, mas uma família, viajando por uma estrada quente da Provence.

— A propósito, cavalos de Camarga também conseguem pastar dentro da água. Ninguém disse que essa história não é verdadeira.

☞ *Como tentar ignorar alguém que simplesmente não pode ser ignorado*

Imagine decidir ignorar alguém que seja impossível de ignorar. E agora sabemos do que se tratam as atividades que terminam em -orar.

Facilmente, ocorrem tais ideias aos amantes quando se chateiam porque todos os caminhos levam apenas a uma pessoa, todos os caminhos e pensamentos e a cada momento, quando olham no espelho para sair, a cada batimento cardíaco acelerado, a cada correspondência que desliza pela abertura da caixa de correio, a cada silêncio no telefone.

Sempre que a campainha não toca é ele.

E é preferível arrastar-se para a guerra do que apenas ficar com a bunda na cadeira em silêncio, por um momento, e dizer em voz alta: "Ótimo. Eu amo esse monstro. Com suas respostas desagradáveis e cínicas, seus olhos brilhantes e terrivelmente provocadores, suas mãos muito ásperas, que me seguravam como nenhuma outra mão. Como as minhas? Se eu gosto dele? Digamos: mais ou menos. Mas desejar, amar: sim, sim e, droga, sim! Portanto, no geral, é quase um harakiri para mim. E agora?"

O Ignorar iria embora imediatamente, e uma grande e verdadeira Calma se estabeleceria; aquele tipo de Calma de quando alguém confessa um ponto dos mais feridos no coração.

Mas, não, nenhum lugar para sentar-se em silêncio, em vez disso: antes que se perceba, se está com as mãos ocupadas com o Ignorar, que fica relutante frente ao funcionamento correto e surpreende, nos momentos mais loucos, com uma lembrança, um desejo, um pensamento involuntariamente saudoso. Um perfume, ah, tão parecido, um carro que se parece com... a parte de trás de um tufo de cabelo prateado, um nome tão popular que outros o usam, uma editora bem-intencionada, que diz coisas como: "Ah, adivinha quem vi faz pouco tempo e que vou encontrar logo mais?" — Sim, obrigado, ótimo, e assim por diante.

E quem precisa ficar calado. Quer ficar em silêncio. E ela, banida ao silêncio. Impossibilidade. Ele exige o pior. Tira dela a fala.

E, então, ela tenta ignorar.

E, depois, ela chora, todas as manhãs e todas as noites, sempre que a calma vem e toda a saudade se infiltra pelo flanco desprotegido do coração, então ela se levanta e faz mil coisas apenas para não se render à calma traiçoeira. Por meses ela chora de qualquer forma, todas as manhãs, todas as noites, e esse tipo de fuga do amor dilacera seu coração, em estilhaços cada vez menores, nos quais você constantemente se machuca. Você espera que passe.

Não passa.

Totalmente sozinha e calada, ela ignora esse serviço do Amor, cada palavra não dita é para ele. Algo pequeno e precioso morre nela. É uma morte lenta e agonizante.

Ignorar artisticamente todas essas lembranças perturbadoras de um amor não vivido e desperdiçado logo se torna um trabalho em tempo integral. Pode-se imaginar coisas melhores para se fazer na vida.

Não é raro: o amor não diminui com a crueldade do ser amado, nem aumenta com seu afeto, mas sempre permanece o mesmo.

☞ Os convidados invisíveis no salão literário e clube do livro Littéramour

O Amor. O Desejo. A Lógica. E, como ela também não conseguiu resistir: a Coragem.

Eram quatro convidados invisíveis na sala de estar com a bonita *cigale* feita de madeira sobre a porta da frente e esperavam os amantes chegarem ao La Dolce Vita.

— Nunca pensei muito sobre esse princípio do Acaso — disse-me a Lógica. — É lógico o que sua Marie-Jeanne está tentando fazer quando reúne aqueles que estão predestinados.

— *Minha* Marie-Jeanne?! Por que minha?

— Quem não prestou atenção e deixou a jovenzinha tocá-lo?

— O Amor falha por causa da Covardia — disse a Coragem.

— Tanta Felicidade no mundo fracassa por causa da Covardia.

Estou cansada disso

— Para quem é a indireta? — suspirou o Desejo.

— Esperem. Começou.

— Não interfira! — alertei.

— Olha quem fala — disse a Coragem. — Toda a sua existência consiste em interferências, já pensou nisso? Quer dizer, você realmente não facilita mesmo para as pessoas.

☞ *Como os amantes podem ficar confusos às vezes — ou uma possível resposta à pergunta: Por que ele? Por que não ela?*

Quantas vezes o Amor recebe perguntas bastante compreensíveis sobre sua escolha dos amantes. Por que ele, por que não ela, por que os dois se amavam, por que ninguém ama esse?

Em princípio, não respondo individualmente, mas aqui e ali, deixo que pelo menos algumas respostas parciais cheguem ao público em geral por meio de alguns escritores e escritoras.

Exceto uma.

Que é a seguinte: basicamente, o Amor testa cada pessoa quanto à natureza de seu coração. O que não faço é atrelar aqueles que são mais bonitos, que estejam mais confortáveis e sejam mais compreensivos uns com os outros. Para ser preciso, não tenho nada a ver com a junção dos pares. *Rien*. Absolutamente nada.

Sim.

Em primeiro lugar, o esforço logístico seria imenso. E, em segundo lugar... chegaremos ao segundo lugar.

A conexão ocorria de acordo com um princípio demonstrativo do Acaso. O Acaso amava seu importante papel, porque lhe permitia fazer o que fazia de melhor: fechar os olhos com força, dar uma boa sacudida no mundo: *et voilà!*

E todos precisam observar como lidam com isso.

De acordo com algumas lendas, este interessante *bug* no sistema da humanidade se devia à curiosidade catastrófica de alquimistas de um passado remoto (Vocês já sabem: tudo o que existe surgiu apenas porque alguém o cantou ou criou a partir de palavras). O Amor deveria ser a coisa mais significativa na vida, mas não é fácil, nem comum, nem transparente, nem planejável, nem confiável. Para ser preciso, e esta é a verdade mais verdadeira:

Os inventores do mundo só queriam nos dar algo para fazer. Para que pudéssemos nos ocupar com algo digno.

Apenas quem ama se torna humano.

E em segundo lugar: o Amor existe quando não se sabe por que se ama.

E em terceiro lugar: sim, abri uma exceção para Marie-Jeanne. Por favor, me perdoe.

☞ *Amor versus Paixão*

Amor e Paixão não são a mesma coisa?, perguntou Marie-Jeanne.

— Ora, não — alardeou o Desejo, pseudônimo da Atração. — Basicamente, não! Paixão está muito mais próxima do Desejo que do Amor, querida. A Paixão te sacode em todos os lugares, mas raramente no lugar onde o Amor se esconde dentro de você, onde se guarda confiança, responsabilidade, interesse e uma imensa compreensão das peculiaridades do outro. Ridículo, isso realmente interessa praticamente nada à Paixão.

— Preciso dizer que ela não pode ouvir você — disse a Lógica.

— *Tant pis.* Ah, doce coração disparado, sonhadora perda de apetite, mãos úmidas, fantasmas eróticos e esse medo, sempre ele: Sou suficiente? Tenho beleza o bastante? Ela está falando sério? Ele está pensando em mim? Por que ela não escreve duas cartas por dia, mas apenas uma? Já está começando a me esquecer?

O Desejo deixou seu lugar no parapeito da janela e caminhou ao lado de Marie-Jeanne.

— ...adivinha por que sempre dou tanto aborrecimento ao Amor quando interfiro e desencadeio obsessões que não têm nada, realmente nada a ver com ele, mas apenas com uma coisa, a outra e tudo o mais? E você já olhou para a palavra "paixão"? Paixão implica em desvio ou engano. Ou seja, o oposto. Paixão? Isto não é Amor. Paixão é uma insanidade temporária. Pouquíssimos têm a sorte de o Amor permanecer quando a Paixão se vai.

— Eu realmente não quero falar sobre isso — disse eu. Não, realmente não, porque Paixão, bem: havia estragado o mais lindo Amor muitas vezes. Aliás, agora seria o momento perfeito para Psique se levantar de sua cama silenciosa e sussurrar fracamente: "Os apaixonados não confiam uns nos outros (Ah! Esse medo! Essa saudade!), os amantes sim. É isso, essa é a melhor maneira de diferenciá-los."

Mas ela achou que preferia observar essas deliciosas aberrações vindas do agradável crepúsculo, onde ninguém estava prestando muita atenção, em seu quarto grande e escuro entre o sonho e a ação.

— A propósito, não se atreva a dar suas marcas a Marie — disse ao Desejo. — Ela seria consumida, sabe, confundindo Paixão com Amor. E todos nós sabemos o que acontece quando alguém deseja, mas nunca ama ou é amado.

— O que pensa que eu sou? Um monstro?

— Sim. Você nunca se satisfaz. Todo querer deseja a eternidade.

— Também é ilógico, mas é verdade — suspirou a Lógica.

Enquanto isso, a Coragem circulava cuidadosamente entre as pessoas e sopesava seus corações nas mãos.

☞ A duvidosa desordem das coisas do Amor

— Não — disse o Amor —, não é assim que funciona.

— É possível? Está funcionando de um jeito excepcional — disse a Coragem.

— E é lógico: por que os amantes não deveriam se encontrar e se reconhecer em um período razoável? Para que as dificuldades? O mundo seria um lugar melhor.

— E de onde poderíamos deduzir tal conhecimento?

A Lógica apontou alegremente para os três pares de luzes do sul que se encontraram graças a Marie-Jeanne. O quarto... bem. Tinha ido embora durante a noite, nós o veremos depois.

— Isso economiza recursos, é democrático e pode encurtar significativamente essa eterna tentativa e erro, e todo o tempo perdido com as pessoas erradas. Que tipo de potencial está sendo liberado!

— Harmonia, afinidade e ausência de sofrimento — disse a Coragem. — Sério, você não pode mais negar isso à humanidade.

— Vocês perderam o juízo? — A musa entrou com os cabelos soltos e furiosa (de zero a dez, onze em fúria). — Harmonia, afinidade e ausência de sofrimento? Sério? São condições que não produzem arte alguma, e insisto nisso com plena convicção! E a arte é a base da existência humana!

— Espere um minuto, vamos ter cautela neste momento — pediu a Lógica. — Desde quando, você diz, a arte tem sido a medida dos assuntos humanos?

— Eu já disse: sempre foi. E você não precisa repetir de maneira tão afetada.

— Em primeiro lugar, você não disse "sempre foi", e, em segundo lugar, defina "sempre".

— Bem, fiquei animada com isso. Com certeza, sairá algo de criativo daí — disse a Coragem.

— Tenha cuidado — disse a musa —, você levou os corajosos mais estúpidos ao topo das nações.

— E, por falar nisso — interveio a Lógica —, por favor, em que contribuem um Kandinsky, uma Simone de Beauvoir, um Mozart à sobrevivência que as invenções de mentes inteligentes já não conseguiram muito tempo atrás? Fogo, eletricidade! Cortadores de grama, prensas de azeitona, o fato de você se desinfetar antes de operar alguém? E então? Podemos comer uma pintura, um livro pode iluminar, a música pode arrancar um dente? Não? E aí vemos abundantemente como o espírito lógico da arte realmente é superior, querida!

— A propósito, também não acredito nessa simplificação geral do Amor. Sim, é verdade, agora não olhe para mim como se eu fosse a Morte! Se ela soubesse o que está acontecendo aqui... — disse o Desejo, e foi realmente um acontecimento surpreendente para mim que meu antípoda, o Querer, justamente ele, concordasse comigo.

Se a Coragem e a Lógica continuassem a falar a favor de usar o talento de Marie-Jeanne para reunir todos os amantes do mundo da maneira mais curta possível, ou, pior ainda, implementar o talento da vidência nas almas para filtrar objetivamente a pessoa certa entre os milhares e milhares de rostos no mundo e, assim, reverter completamente a desordem deliberada das coisas do Amor: elas não sabiam o que estavam fazendo com a humanidade?

— Não — disse a Lógica. — É lógico: se todos estiverem satisfeitos, a humanidade ficará melhor.

— Ah, claaaaaaro... — Psiquê considerou brevemente levantar-se de sua cama confortável e mostrar à Lógica de uma vez por todas que ela havia superestimado irremediavelmente a natureza humana por milênios. A satisfação nunca foi a base do comportamento social adequado; não, o homem precisava estar insatisfeito, preferia ouvir seus sentimentos em vez da razão. As entranhas decidiam, a cabeça encontrava uma justificativa. E só por insatisfação surgiu o impulso do movimento, do conhecimento, de tudo mais. Bem, mesmo depois de um intervencionismo inútil e um drama inflado, mas assim que eram. Os seres humanos. Tão adoráveis! Tão... perdidos. E amáveis.

Ah, ah. Mas o Amor, a Coragem, a Lógica, o Desejo e a musa deveriam continuar a brigar. Era maravilhoso ver os parentes aleatórios em sua briga familiar, sabe-se lá o que mais estava acontecendo, porque muito pouco havia acontecido durante alguns séculos.

— Se nós soubéssemos tudo sobre Romeu e a pobre Julieta na época, pelo menos dois jovens ainda estariam vivos — disse a Lógica agora, retomando o assunto.

— *Pardon?* — retrucou a musa. — William Shakespeare? Arthur Brooks? Pierre Boaistuau, Matteo Bandello, Luigi da Porto?

— O que é isso, o quinteto literário?

— Cinco exemplos de como este amor trágico produziu uma arte grandiosa. Excelente arte. E posso mencionar que esta história é memorável até hoje para os pais que humilham e sufocam seus filhos, e um verdadeiro apelo à imortalidade do amor? Que esperança! Que paixão!

— Concordo — disse o Desejo.

— E, minha querida Lógica...

— Não me chame de "querida" se você quer dizer o contrário!

— ...de que adianta a eletricidade e uma lâmpada na alcova, se não há ninguém que a acenda para ver você melhor durante o amor?

— Hein? — perguntou a Lógica. — Isso já é um argumento ou vai virar um?

— Imagine só — disse a Coragem, destemida. — O que as pessoas fazem para serem amadas? Castigam a si próprias. Aceitam empregos de que não gostam, mas que esperam amar, criam ideais de corpos e aparências que os forçam a caricaturas absurdas da existência humana. Sofrem de medo, tristeza e ciúme em vez de...

— Parem! — disse uma voz.

Não pertencia ao Amor, nem à Coragem, nem à Lógica, e a musa e o Desejo também olharam ao redor, procurando-a.

E, então, baixaram o olhar quando viram sua irmã mais velha entrar: a Morte.

A Morte virou-se calmamente para Marie-Jeanne. Essa mulher linda, suave e severa.

— Você pode me ver — percebeu ela —, um efeito colateral interessante de nosso primeiro encontro.

— Marie-Jeanne? Você não está bem, querida? E o que ainda não deve ser? O fim da noite? Bem, acho que alcançamos o que queríamos.

Valérie tirou cuidadosamente os biscoitos da mão. Para ela, a sala estava vazia.

— Você ainda segura o Amor com firmeza — disse a Morte. — Contanto que você o toque, ele não poderá colocar a marca em você. Sabe o que isso significa?

O tique-taque de um relógio distante. A respiração de Valérie. A pulsação de Marie-Jeanne batendo contra a pele. Então ela respondeu.

— Eu não serei uma amante. Não serei um de dois.

— E agora vocês — disse a Morte. — Sabem qual é o motivo mais belo para se morrer?

"Nenhum", quis dizer o Desejo, mas ficou em silêncio, tanto quanto possível.

— O Amor. Saber que encontrará novamente o ser amado.

A Lógica respirou fundo para contestar, a Morte apenas ergueu a mão, e a Lógica decidiu ficar em silêncio.

— Vocês querem inverter a ordem do Amor? Sabem o que é o Amor? Bem?

Silêncio.

— É combater o Amor. Amaldiçoar o Amor. Desejar o Amor, buscá-lo, perdê-lo, acariciá-lo, implorar por ele, enfrentar sua impossibilidade; lutar contra seu desconforto, tratá-lo todos os dias, repito, todos os dias, o melhor possível e saber realmente, ao final de cada dia, em toda a sua curta vida, o seguinte: Eu amei, e foi a coisa mais exaustiva, mais inexplicável, mais incerta e, portanto, a maior, mais feliz e mais intensa que já tive que sentir e fazer, por isso vivi. E vocês querem lhes tirar isso? Vão tirar-lhes a vida antes que eu mesma o faça se tornarem o Amor algo simples!

☞ Enquanto Marie-Jeanne esperava: o que as estrelas nos diriam se pudéssemos ouvi-las

Você nos observa.

E estamos sempre presentes. Mesmo que uma de nós não exista mais, sua luz permanece. Mesmo um antepassado nosso ainda sorri, não consegue evitar.

Nós sabemos o que devemos fazer; somos a bússola do céu, vocês olham para nós quando procuram orientação.

Vocês alinharam suas pirâmides à luz do nosso sorriso, descobriram ilhas e continentes, orientaram-se por nós nas profundezas da noite, entre as colinas silenciosas.

Quando vocês nasceram, seus pais olharam para nós. E, enquanto estávamos acima do horizonte no momento de sua primeira respiração, foi calculado o mar de escuridão pelo qual vagariam, sob qual estrela, qual signo.

Vocês nos nomeiam — Ursa Maior, Plêiades, Cinturão de Órion, Polar — e prometem um ao outro nos buscar onde estamos, querem fazer isso um pelo outro, tirar do céu as estrelas.

Como qualquer uma de nós gostaria de descer para brilhar em suas mãos!

Como vocês levam tudo a sério quando amam. Então gostaríamos de nos aproximar de vocês, abrir um único sorriso que os conforte e proteja no caminho onde não há mais direções.

Vemos o que vocês sentem. Às vezes respiramos para mostrar que estamos lá. Às vezes choramos nas noites mais quentes; vocês chamam de Perseidas, que estilhaçam a escuridão do céu. E fazemos isso para que olhem para cima e percebam que os lugares mais escuros entre os claros sempre abrem espaço para milagres.

Estamos aqui. Sempre. Vemos vocês, incluindo você, exatamente agora. E você também vê as luzes do sul, ali, perto do mar? Atrás de cada luz, a batida de um coração, um "eu", e eles estão se procurando, estão muito próximos e não sabem, e também há alguém à sua procura neste momento.

Porque os amantes não se encontram por acaso.

Eles já estão a caminho um do outro.

Um dia, Elsa disse em voz alta na cozinha, sem pensar:

— Estranho. Quanto mais livros eu leio, maior eu me sinto por dentro.

E mais bonita, pensou Francis. E ele poderia ter chorado ao mesmo tempo, porque tinha ousado o impensável, pelo menos para alguém que não sabia nem escrever nem ler com especial rapidez.

Não foi nada menos que um milagre.

Este livro foi composto na tipografia Souvenir LT Std,
em corpo 11/16, e impresso em
papel off-white no Sistema Cameron da
Divisão Gráfica da Distribuidora Record.